在成都

聂作平 著

/ 目　录 /

· 在沙河堡　,001

· 在人民南路　,015

· 在双林路　,041

· 在北门　,067

· 在红星路　,093

· 在小关庙　,119

· 在平乐　,145

· 在都江堰　,161

· 在少城公园　,187

· 在蜀郡　,213

· 后　记　,241

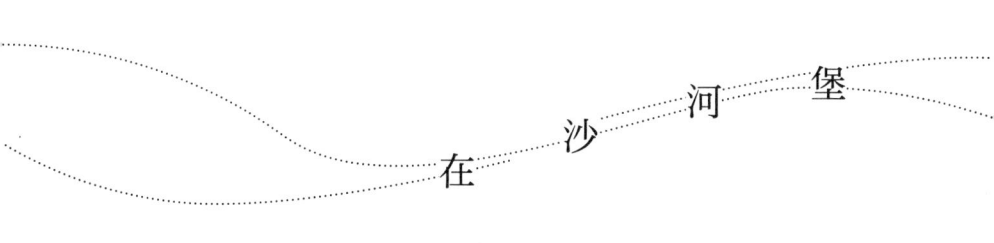
在沙河堡

对于时光的流逝，我有着异于常人的敏感。一大证据是，从初中二年级开始，我便天天写日记。三十年下来，日记本足有一麻袋。虽然所记者均不过吃喝拉撒之类的芝麻小事，但随着岁月流转，偶尔不经意间翻翻这些发黄的旧日记，一些消失的往事便再次清晰地浮上心头。在回忆与眺望之间，生命的意义或者无意义总会有一次次反刍的机会。

为了找一篇旧文，我从抽屉里翻出两个写满钢笔字的日记本，在两个日记本之间，有一个硬面抄，那是当年我用来写诗的。一个很有趣的现象是，在已经用电脑写作多年之后，但凡写诗，我仍然坚持使用纸和笔，似乎只有钢笔在白纸上沙沙沙地缓缓前行，才能与诗歌这种如今相当不合时宜的奢侈品相得益彰。这本硬面抄里，有一首诗的标题叫"沙河堡记事"。

时光如同退潮的海浪一样向后急速翻滚，一直翻滚到1996年。那时候的成都远不像今天这样铺排得如此辽阔。那一年春天，我提着羞涩的行囊走在成都街头时，阳光下，这座平原深处的城市起伏着高低错落的建筑。二环路才刚刚全线贯通两年，一、二环之间还有零星的庄稼地，春天的油菜花就开在那些灰色的楼房的阴影里。这座城市更像一座庞大而零乱的村庄。我是这座村庄无足轻重的村民甲村民乙。

由于诗人张新泉先生举荐，我得以从自贡那家工厂借调到成都的一家杂志社，那就是曾经颇为有名的《科幻世界》。杂志社没法提供住房，我只得自找住处。有一段时间，我借住在朋友谢伟老婆的单位。时值暮春，细雨缠绵。那座旧楼深陷小街，楼前全是高大的梧桐。黄昏时分，冷雨盈窗，远处的街市和近处的梧桐都浸在一层薄薄的却无法挣脱的寒意里。伫立窗前，想着远方的家，我常忍不住潸然泪下。后来，我还曾住过省科协的招待所。四个人的房间，除了我那张床是固定的，每个夜晚总有不同的陌生人前来与我做伴。我曾经趴在床上，为《诗刊》写一篇评论四川诗歌的短文。当我在纸上激情四溢地指点诗坛时，却不得不偶尔停下来，站起身，揉揉被坚硬的床板硌得发痛的胸部。同房的一个旅客很好奇，走过来问我：兄弟，你怎么啦？哪里不舒服吗？我只好苦笑着摇头。

为此，尽管收入微薄，我仍然得租一间房子，一间暂时属于自己的房子。这房子，后来租在了离杂志社足有十公里的沙河堡。

由成都市中心往东，历史上，是通往重庆的所谓东大路，沙河堡便是东大路出成都的第一个驿站。一条污秽的小河从北面缓缓淌来，河上总是漂浮着五花八门的垃圾：纸张、碎布、死猪、塑料袋、旧家具，花样繁多得像一个流动的百货公司。河水理所当然臭味扑鼻。在靠近沙河堡那条长约两公里的沿公路形成的街道另一端，是一家气味更加浓重的猪鬃厂。许多个早晨，我骑着破旧的自行车，在小店里要上几个包子，一面骑车，一面啃包子，沿着沙河边坑坑洼洼的马路奔向十公里外的办公室。在我的办公桌上，每一天，总有上百份稿件等着我去处理。

我租住的小屋，位于沙河堡中部一条叫马家沟的小街。那是一条名副其实的小街，长度只有微不足道的一百来米，两旁有十来家店铺。这些店铺半掩半开，以便既能让顾客光临，同时也能稍微避开汽车和摩托扬起的灰尘。我的房东是当地农民，修建了这座一楼一底的小院，楼上自住，楼下出租。院子里，曾经开过茶馆。牛毛毡搭就的老茶馆里，乱七八糟地叠满了竹椅和方桌——那是茶馆关张后留下来的遗物。许多个日子，我便沏上一壶花茶，坐在空荡荡的茶馆里写字。竹制的椅子，年代久远，屁股坐上去，便发出极不耐烦的吱呀声。

小街太小，在沙河堡的生活中，邻里关系便宛如乡间，完全不像如今的各种高档小区那样电视之声相闻，老死不相往来。直到今天，我还清楚地记得那些邻居：老板一家三口。老板黑瘦，老板娘白胖，强烈的反差像要登台说相声。老板的儿子还小，整天关在屋里看动画片。院子后面有一片很小的树林，树林里非常突兀地隆起一座坟，据说埋葬的是老板的父母。坟墓让小树林显得有几分阴郁，平时也就少有人进去。林子里，偶尔能看到雨后快速生长出来的蘑菇；大树上住着几只鸟儿，每当天色发白，它们就一齐叽叽喳喳地把我喊醒。

一户邻居姓姚，也是一家三口，男的在外面做零工，女的开了一家小杂货店，女儿刚上幼儿园。有一次，姚家庆祝生日，没去饭店酒楼，而是在茶馆摆了两桌。当我下班回来时，老姚一脸酒气地拉住我，无论如何要我也去喝几杯。老姚是个有经营眼光的人，有一年糖酒会，他提前预订了几个摊位，而后高价租给参展商，几天之内，出人意料地赚了一笔。那段时间，他们家的电视总是开得特别响亮。那一年春节，他们没有回老家内江，而是兴高采烈地去了西岭雪山。

一个邻居叫小芳，开了一家理发店，夏秋之际总是穿着清凉地坐在门口。老板娘便语重心长地告诫她：我们做正经生意的，没必要，真的没必要。

一户邻居是一对年轻情侣，女的高大漂亮，男的却很矮小，开了一家麻辣烫小店。我记得那年春节过后，我从老家带了一坛母亲酿的米酒。一天晚上，我和几个同事一起，坐在麻辣烫店里，吃着廉价的串串香喝米酒。小情侣刚吵了架，男的出去了，女的红着眼睛在一旁忙碌。很晚的时候，男的回来了，带着一身酒气和寒意。这一回，轮到男的去忙碌了，女的来不及洗去手上的油污，便一屁股跌坐在那张吱吱作响的竹椅子上，一心一意地哭，抑扬顿挫地哭。

事实上，那条小街上，除了房东这样的本地农民，几乎都是像我和老姚这种外来者。因为一个梦想，一次承诺，甚至一种无奈，从而抛弃了原本熟悉的、平淡的生活，急匆匆地挤进别人的城市。在别人的城市里，外来者的生活被界定在二环路以外。——那时候的二环路，就是城市与郊区的分界线。每当我骑着自行车从沙河堡出发，穿过臭气弥天的沙河与猪鬃厂，一步步逼近楼厦越长越高的市中心时，我总有一种警惕和慌张。我不知道在这座别人的城市里，埋伏着多少动荡与不安。

我也不知道我还能坚持多久。而我身后的故园，其实已经无法回去了。在人生的阵地上，命运是个不讲规则的对手，而我们都是过了河的卒子。前方花团锦簇也好，荆棘遍地也罢，都注定没了退路。

我到科幻世界杂志社，是出于张新泉先生的举荐。我租住沙河堡，则是因为谢伟的家也在沙河堡。只不过，他是单位分配的新房。那时候，在这座几百万人口的城市里，除了几个未曾谋过面的编辑，张新泉和谢伟是我仅有的两个朋友。我得向他们靠拢，才能从陌生的城市领取温暖和底气。

我到成都两个月后，简锐也从老家赶来了。之前，简锐在老家一所中学上班。夏天，校长派他做冰糕；冬天，校长安排他烤面包。校长甚至当着众人对他说，简锐，你如果要走，没有人会留你。所以，简锐早就想离开那所令人郁闷绝望的鸟学校了。他曾经打算去深圳或广州，却又缺少必要的勇气——那年头的年轻人，不像今天的年轻人这样毅然决然；那时候的年轻人，尤其是小地方的年轻人，总有太多顾虑和忧愁。后来，得知我已到成都，简锐遂决定也来成都，为的是有一个依靠——弱小的人，必须抱团取暖，才有直视这座城市的最起码的勇气。

简锐租住在了我隔壁。我们同样早出晚归。那个夏天，最幸福的事莫过于每天黄昏回到小院，拎一只八磅的大水瓶，到小街另一头的商店买回满满一水瓶散装啤酒。然后，我和简锐蹲在台阶上，一人一只大瓷碗，没有任何下酒菜，三下五除二，十来分钟便把一水瓶啤酒喝得一滴不剩，再打着酒嗝回到各自房间。简锐看书或是听收音机，而我则是雷打不动地写字——我们穷得甚至没有一台电视机。

我曾坚信，我是一个活在纸上的人。写作不仅是精神的需要，庶几也是物质的强迫。杂志社不多的收入要养家糊口，还有相当差距，我必须通过写作挣几文稿费补贴家用。我写的不是诗歌，不是散文，而是房租、电费、烟钱、酒钱、女儿的学费和母亲的药费……所以，很多个夜晚，当小街沉沉入睡，我还坐在台灯下爬格子。一片静谧中，从小树林里传来了蟋蟀的低鸣，偶尔还有自行车响亮的铃声，慢慢消失在纵横交错的几条小巷里。微凉的风吹来时，夜已经深了，我会起身走到院子里抽一根烟。寂静的院子，寂静的小街，只有远处微弱的路灯散发出猩红的光，被黑暗大口大口地吞噬。有时我也会走出小院，走到小街上还没打烊的面馆要上二两面条。

这些深夜的耕耘换来了一张张数额不等的汇款单，支撑着我把简单的生活过下去，不承想却惹来了小小的麻烦：杂志社领导据此认为，我对工作不安心，否则就不可能有时间和精力去写作挣外快。但是，天地良心，那是我这几十年里工作最认真最敬业的年头，一个人干着三个人的活。然而领导之所以为领导，就在于他们从来都坚信自己才是唯一的正确答案。我只得听从张新泉先生的劝告，把其中一部分稿费转寄到他任职的《星星》诗刊。

杂志社的确也有几个能人，才能把一份奄奄一息的《科学文艺》办成发行量达三十万份的《科幻世界》。社长杨潇，一个工作狂和女强人；总编谭楷，著名诗人和报告文学作家。记得，谭楷动员我到《科幻世界》时，曾用非常具有诱惑力的口吻说，我们不是找个打工的，我们是在选接班人啊。此外，像如今在中国文坛很牛逼的阿来，那时还屈尊在《科幻世界》下属的画刊做一个无足轻重的文字编辑；而我那张办公桌的前主人，据谭楷说，是著名诗人肖开愚。

一年借调期满，我到底还是没能像谭楷说的那样成为接班人。我在自贡的那家工厂要求我要么回去上班，要么辞职。因为我在借调之前，曾深深地得罪了一个姓房的书记。房书记是个干瘦的老头，目光火赤，声调高昂，总像手握真理的丈八蛇矛枪而所向披靡。

我要离开成都,离开沙河堡,离开这座别人的城市了。杂志社为我饯行,张新泉先生也来了——对这位尊敬的长者,我无言以对。饯行宴上的一个插曲是,杂志社一个倔强的老编辑坚持要喝郎酒,而那时候我喝酒从不认牌子。一般情况下,我也只喝得起散装白酒。那个老编辑姓邓,川剧团出身。他走了两三里路,终于从外边买回两瓶郎酒。但当他把郎酒买回来时,我已经喝得差不多了。

我在沙河堡附近的五桂桥下找到一辆货车。几个邻居一齐帮忙,把我不多的家什扔到车上。货车一声惊叫,甚至还来不及从容地跟邻居们挥一下手,就已经驶出了那条叫马家沟的小街进入了沙河堡。而几分钟后,沙河堡破落杂乱的房屋,沙河曲折迂回的河道都统统消失在身后;而三个小时后,我重又回到了一年前离开的那家熟悉而冰凉的老工厂。生活如此这般地画了个圆圈,又如此这般地回到了起点。

回到自贡后,我收到谢伟一封信。信中,他说,他从我居住过的小屋前经过时,发现里面又住进了新人。"另一些人已经在你曾经生活过的屋子里,开始他们的生活了。"读着谢伟的信,我的眼眶湿润了。

几年过去了,我重返成都,这一回,没有人借我调我,我自己把自己"调"来了。大概是2003年,我和女儿说起沙河堡,在她的强烈要求下,我带她重返那条曾经的老街。老街居然没有变化,小院也还在,更重要的是,老板娘依旧白胖而热情,并一下子就认出了我。她说,老姚两年前买了房子,搬走了;小芳的发屋开了一段时间,开不走,回老家了;开麻辣烫的小情侣,到底还是没能有情人终成眷属,女的嫁给了一个年迈的地产商,男的去了炎热的缅甸。

又是几年过去了,当我再度前往沙河堡,这一次,我再也没能找到曾经的马家沟和曾经的小院。若干新建的高楼笔直如林,它们巨大的阴影下,不再有破旧而平易的小街与小院。城市前进的脚步已经超越了我们对旧日子的遗忘。

1996年9月11日,印象中应该是成都的初秋。坐在沙河堡那间小院的老茶馆里,我在一张标有"《科幻世界》杂志社用笺"字样的蓝色稿纸上,写下了前文说到的那首题为"沙河堡记事"的诗。许多年过去了,笔记本的纸张已经有些发黄,墨迹却依然清晰。甚至,我还记得这首诗中的一部分诗句——就像我还记得过往岁月中的一部分细节,一部分欢笑与忧愁:

一条狭窄的街道通向远方,然后消失
在夕阳苍白的光辉里,它将再次消失
它说,但是,远方以远依然是道路和人群
好比一段被人遗忘已久的历史
……

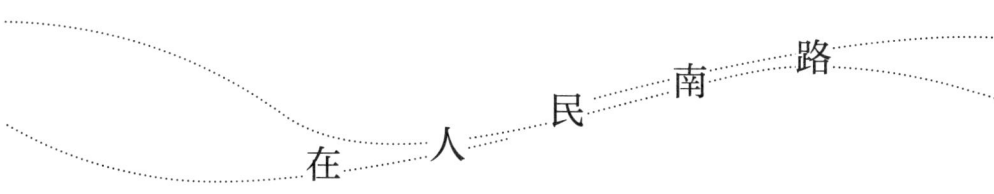

在人民南路

1

想象总是天马行空。

二十多年前,许多个星期一的早晨,我随着涌动的人群缓缓流出成都火车北站宽阔的广场。其时,太阳刚翻过五层楼顶,阳光刺破淡淡的雾气,暖意四溅。广场一侧,我跳上一辆16路公交车。公交车由北向南行驶,我将次第经过人民北路、人民中路,而后抵达我的终点——人民南路。人北、人中、人南,三个以"人民"开头的街名是一种暗示:三条路其实就是一条路的三段。路太长,不得不把它分成三部分才能区别。就像药太苦,不得不把它分成许多次才能咽下。三条路名字相近,外观也差不了多少,都是宽的街,直的路,人行道被高大的树木和茂密的花草分隔、掩映。那时候,汽车远不如后来那么密集,更多的是自行车,如同一条流淌的小河,叮当有声。

每一次坐在公交车上笔直地穿过城市,我总会想起唐朝的朱雀大街。正如朱雀大街把长安剖成两半一样,人民路也像一把锋利的斧头，把成都劈成东西两部。我总是想象，我不是生活在20世纪90年代，我其实生活在一千多年前的唐朝，是一个清瘦的读书人，骑着疲惫的毛驴，从外省来到首都，渴望在天子脚下有一次出人头地的机会。比如李白遇到金龟换酒的贺知章，比如白居易遇到大叹"长安米贵，居大不易"的顾况。

在唐朝，诗人有提携后进的传统，有诗为证："平生不解藏人善，到处逢人说项斯"。事实上，我也是因了老诗人的提携，才敢从自贡来到成都的。二十多年前的成都，城区还局限于二环以内，二环边上，到处可见农田。但与紧缩在釜溪河两岸的自贡相比，它仍然是一座庞大而繁华的大都市。大都市过于宽阔的大街，过于高耸的楼房和过于密集的人流，往往会让从小地方来的人心里生出许多自卑和恐惧。如果没有外来的鼓励，他们很难有勇气坦然挤进陌生的人间。

提携我的是诗人张新泉。他和我是富顺老乡，我从高中时给他写信、寄诗；他总是热情回信，予以点评。1996年春天，当我因他的推荐从自贡来到成都时，我只在三年前和他见过一次面。那时，他正值壮年，而我还是青年。二十多年后，他已成了标准的老人，而我，差不多也就是他当年的年龄。人生代代无穷已，江月年年望相似。

2

张新泉先生推荐我去的是一家杂志,这家杂志曾经名气很大,尤其在中学校园,它叫《科幻世界》。《科幻世界》的社址,我一直还记得:成都市人民南路四段11号。我坐了16路公交车,从北向南穿越几乎整座城市,就是为了赶到人民南路四段11号那栋灰色大楼。

人民南路四段11号的主体,并不是科幻世界杂志社,而是杂志的主管主办单位——四川省科协。围墙和铁门圈成一座严肃的大院,大院左侧,是那栋灰白的办公楼;右侧,是一栋红砖小楼,内设招待所;正对门,是家属院和小花园。总而言之,就是那个年代典型的大院的样子。对体制内的人来说,工作和生活,单位和家,都在同一座院子里。上班中途,悄悄溜回家喝碗粥吃个水果,甚至和老婆亲热一番也不在话下。只有我这样的打工者,早出晚归,在远离市中心的城郊接合部,租一间民房就是临时的家。

《科幻世界》原名《科学文艺》。作为一家自负盈亏的事业单位,它曾经奄奄一息。后来,改名《奇谈》,再改名《科幻世界》,终于把握住了时代脉搏——很长时间里,它是全中国唯一的科幻刊物。当我借调到杂志社时,杂志的发行量已超过三十万份,并成功地举办了一次全球性的世界科幻大会。

谭楷是杂志总编,有着演说家的口才和诗人的激情(他本就是诗人出身)。他在向我讲述《科幻世界》筚路蓝缕的过往和正在步入的辉煌时,两眼放光,语调高昂,一只手在空中缓慢而用力地挥,像在划桨,又像要打人。

不过,简陋的办公条件却让我吃惊。杂志社蜷缩在两大一小三间屋子里,小的那间是财务室,只容得下三四个人办公;两间大的,一间是发行部和画刊编辑室,一间是编辑部,包括社长和总编,以及几个文编和一个美编,都挤在同一间屋子里。并且,每间屋子的角落和门外走廊上,都是堆积如山的书刊——有过刊,也有杂志社与出版社合作的图书,以及大量科幻画卡片。

我的座位在靠窗的角落,从办公桌堆积如山的文稿上抬起头,可以看到整座科协大院。如果把目光放远一些,还能看到城外稀落而低矮的农舍,以及金黄的油菜花。其间,是刚刚竣工不久的人南立交桥。它像一条鲁莽的长蛇,嘴巴咬住城市,尾巴却缠住乡村;又像一条绳索,不分青红皂白地将城市和乡村胡乱捆绑在一起。

我的邻桌是一个年轻女子，美编。每天早晨来到办公室，她就在桌上摆出一堆我不认识的物品——初时，我看见那些颜料盒子和小小的笔，以为她要画画。结果，她画了，不过不是在纸上或布上，而是脸上。我的对面是一个中年人，责编。以前在某个剧团谋生，后来内退回成都，受聘于杂志社。自从他的前妻嫁给四川的一个文化名人后，他便长期独居。前两年，偶然听人说起，他独自死在了家中，数日后才被人发现。尽管二十多年没再见过面，我仍然记得他总是焦灼的表情和沙哑的嗓门——独有聚餐时，几杯白酒下肚，他的焦灼和沙哑才能得到有效的稀释，似乎眉毛与眉毛之间的距离也渐渐拉开了一些。我的侧面是另一个中年人，另一个责编。戴着眼镜，身材瘦长，口袋里总是藏着钢笔和弹簧秤。钢笔用来在校对稿上工整地标出各种校对符号。弹簧秤是他走进菜市场的利器。据说有许多次，他在小贩们称重后，突然从口袋里掏出弹簧秤，这暗器般的东西令小贩如遭伏击，猝不及防。更远处，是两位领导，也就是社长和总编。社长是个中年女子，精明能干，身体不太好，经常听到她的打嗝声。

对门的画刊和发行部，年轻人更多一些。或者说，除了一个中年人外，其他都是年轻人。我犹记得，初来乍到时，美编和画刊的几个年轻人陪我一道，在人民南路周边寻找适合的出租房。我们先后在三四个中午，穿行于人民南路众多的家属院（那时商品房很少，几乎都是家属院），却没能找到任何一间适合的房子——如果你的预算太少，或者说囊中太羞涩，不仅出租的房子不适合，这个世界上的大多数东西都将不适合。要等上许多年，我才会明白这个浅显的道理。

发行部有一个精壮的小伙子，来自仁寿乡下。很多次晚饭后，我们骑着自行车，顺着雪松掩映的人民南路，来到几公里外的广场。那里有一座展览馆，馆前立着一尊巨大的毛泽东雕塑。雕塑前，有几十级台阶。我们坐在台阶上，抽烟，说话，盯着台阶下来来往往的年轻女子。当空气中飘来一缕若有若无的香水味儿时，我们就用力抽着鼻子，像两条称职的猎犬。

姓吴的小伙子说，他最大的理想是挣一笔钱，然后回乡下，迎娶他的远房表妹。然后呢？我问他。他说，然后还要修一座砖房。然后呢？我又问。他疑惑地看我一眼，然后就生儿子啊。

3

光彩照人的人民南路两侧，交叉着许多不那么光彩照人的小巷。如果从空中俯瞰，我想，它一定很像一条蜈蚣。"蜈蚣"

修长的身子就是人民南路,至于那些小巷,无疑是"蜈蚣"身上多一条不算多、少一条也不算少的脚。

"蜈蚣"脚上,隐藏着最平民化的成都市井。这里有年久失修的吊脚楼,有古色古香的四合院。吊脚楼或四合院门前,有时还能看到一两株年事已高的香椿,它们柴火般干燥的树干,居然在几场春雨之后,钻出满身又嫩又绿的叶子,让人疑心是幻觉。

每一条小巷,都分布着无数小店,杂货店、粮油店、理发店、烟酒店、音响店、自行车店……最多的,是各种风味的小餐馆。每到饭点,油烟弥漫,宛如仙境,只是比仙境多了些人间气息。跑堂的小二或是老板娘,热情地招呼每一个路过的行人,又把决定在此吃饭的客人一一安置——或是宽窄不等的大堂,或是干脆把小桌子支到人行道旁边以及绿化带里。那年头,城管不像后来那么尽职尽责,这么干并不会招来呵斥甚至收走桌椅。

我是其中两家小餐馆的常客。一家卖面条、抄手、包子和稀饭。大多数时候的午餐,我都在这里解决。一般是三两面条,肥肠面、臊子面或清汤面。竹编的椅子,坐上去既有吱吱呀呀的声响,又有一股清幽的凉意,像童年时在老家睡过的竹席。吃午餐的,不少是附近工地的工人。他们大踏步走进来,无声地把一个脸盆般的大碗递给老板。我三两,他们至少四两,外加两三只包子或馒头。他们把脸埋进饭碗,发出稀里呼噜的声响。一会儿,声音停止了,他们终于把脸从碗里抬起来,碗里只剩下一些面汤。他们额头上挂着汗珠,汗水把灰尘弄湿了,在脸上冲刷出一条条小小的沟,如同干旱的黄土高原下了一场久违的急雨。

春时,坐在绿化带里吃面,一簇簇淡黄色的迎春花就在餐桌上方探头探脑,一只只同样淡黄色的蜜蜂,围着花朵绕圈子飞,像在用我听不懂的方言,与花朵挨个谈心。邻桌的人走了,早就在树上虎视眈眈的鸟儿立即俯冲下来,站在桌子上,啄食残汤剩羹。生气的伙计从店里跳出来,大声呵斥,如同一个农民,呵斥那些闯进稻田的鸡、鸭、鹅。

如果说我们在同一家餐馆吃面而又有什么不同的话,那就是我吃面时或吃完面后,会漫不经心地看看旁逸斜出的花朵,工人们却视而不见。他们吃完面,走到绿化带中间,随便找个地方歪下去,很快就发出悠长的鼾声。

另一家餐馆要"高档"一些,店招是"人南酒家"。名为酒家,其实也只有一些最大路货的普通川菜:回锅肉、麻婆豆腐、猪耳朵、宫保鸡丁、夫妻肺片、鱼香肉丝——如果有人要一个豆瓣鱼的话，就属于高消费了。老板马上命令他精瘦的儿子，像猴子一样一路蹦蹦跳跳地跑到几百米外的菜市场，拎回一条活蹦乱跳的草鱼。

然而，对我来说，这样的酒家，也不是经常能消费的。只有来了朋友，才会从隔壁的面馆移师酒家，在幽深的大堂里坐下来，要上三两个菜和一斤散装白酒——成都人把散装白酒称为跟斗酒，不知是打酒时酒提子要在酒缸里翻跟斗，还是说喝醉了的人走在街上要翻跟头。

我多次在人民南路上的这种酒家喝酒，尤其是这个就叫人南酒家的地方。记忆深刻的，有那么几次。

刚到成都次日，张新泉先生来看我。中午，我们一起吃饭。他点了好多菜，包括那道属于高消费的豆瓣鱼——那也是我第一次看到那个精瘦的孩子。天气已经炎热，新泉先生问我，是不是啤酒好些？我说是的。于是，他叫了两瓶冰冻啤酒。按我理解，两瓶啤酒，当然一人一瓶。可是，他竟挥手说，我不喝酒的，你喝好，不够再拿。那时，我和新泉先生完全不像后来那么熟悉，他是长辈，我是晚辈；他是先生，我是弟子。可是，我喝酒，他不喝。我在他炯炯目光的注视下如坐针毡，只好飞快地把啤酒一杯接一杯地吞下肚。

尽管我说过,初到成都时,我只有两个朋友,一个是新泉先生,一个是我的老乡谢伟。但严格说来,我其实还有更多朋友,那就是之前有联系的诸多报刊编辑。只不过,我与他们仅有书信往来,至多通过电话,从未谋面。老吴和马小兵就是其中两个。

老吴是一家行业报纸编辑。那些年,我除了在文学刊物发表诗歌、小说外,还在不少行业报纸发表随笔,以便混些稿费养家糊口。幸好,那年头的报纸,不论养殖行业的还是美容行业的,都有副刊。当我打电话告诉老吴我来《科幻世界》做编辑时,他说,他们报纸也在人民南路,相距不过两三百米。中午,我们便坐在了小餐馆里。吃饭时,无意中聊起我的自行车被偷了。他马上说,我儿子的自行车没用,你拿去骑吧。吃完饭,我到他家楼下车棚,骑走了一辆像从废品收购站扒出来的自行车。过了一个月,老吴突然问我自行车呢?他说他儿子回来了,请把自行车还他。然而,这辆我只骑了一次的自行车,放在杂志社楼下,早就找不着了。我说,我去买一辆赔吧。老吴怏怏地说,那就不用了。

马小兵也是一家行业报纸编辑,不过,与文化隔得近些,是省新闻出版局办的《读者报》。他听说我来成都，马上热情相约：一起吃午饭，喝几口。中午，我率先到了小餐馆，选了一张靠近绿化带的桌子。一会儿，我看到几米外大半人高的花木突然摇动起来。疑惑间，一个瘦小的男人钻出来说，我就是马小兵。那天喝了多少酒不记得了，记得的是买单时，我先掏钱，马小兵指着我说，你要是把单买了，我就没你这个朋友了。

夏天，一个老家的朋友来看我。中午，自然到人南酒家小酌。刚喝第二杯，突然听到大厅另一侧有人叫我，扭头一看，是我的顶头上司谭楷。他正和一个我不认识的人喝酒。我持了杯子，过去敬酒。和他一起喝酒的那个人，头发略微卷曲，眉边有一颗显眼的痣。谭楷说，这是阿来。

阿来我当然知道，写诗的。杨然曾给我寄过一张照片，照片上，是某年参加青春诗会的几个四川诗人，其中就有阿来。于是一起喝了一杯。一会儿，谭楷带着阿来过来，又喝了一杯。

没想到，下周一上班，我发现阿来成了我的同事——准确地说，他隔着一道走廊，坐在画刊和发行部那间办公室靠门的位置。后来，听谭楷说，他和阿来是在省新闻出版局的期刊培训班上认识的。本在阿坝的阿来想到成都换一种活法——那年头，许多外地青年都想到省城、到京城，换一种活法。谭楷就答应帮他到《科幻世界》。来了之后,才发现主刊《科幻世界》不需要那么多人,只好暂时放在画刊。

因为都是写诗的,也可能因为那天中午在小餐馆的两杯酒,我和阿来虽然在两个部门和两间办公室,交流却相对更频繁,经常凑在走廊上抽根烟,说些和文学有关或无关的闲话。那时,他已经写好了后来洛阳纸贵的《尘埃落定》。两个领导下班后,他就在打印机上打印文稿。我大概是看过这部小说打印稿的不多的人之一。

4

1996年的《科幻世界》正在飞速发展。为了次年主办的世界科幻大会,一方面投入资金配备了许多硬件,比如"上网"——开通网络。那时我虽然会电脑打字,却不会上网。川大教授易丹在《科幻世界》连载的《我在美国信息高速公路上》,是国内第一本写互联网的作品,我是责编,因而略知上网之事。只是,几乎没有网吧,只能纸上谈兵。开通网络时,社长和总编终于找科协要到一间小屋子,搬了出去。我们那间拥挤不堪的大办公室,得以挤出一个小角落,摆放了一台彼时最高端的586电脑,聘用一个年轻姑娘,职责就是上网。是的,二十多年前,不仅上网是职业,打字是职业,开车也是职业。再就是两个领导,一人配了一台手机,像砖头,号码都是9字头的。价格一万好几。另一方面,招兵买马,进了不少年轻人。

一晃,我在人民南路11号大院上班大半年了。1997年春节即将来临,杂志社开了年终总结。接下来,就是激动人心的年前最后一件事——发年终奖。

年终奖的发放形式很特别。以前我在企业时,科室所有人员都在同一张表上签字,大家的数额都一样。《科幻世界》不同。两个领导端坐办公室,其余人等,喊一个进一个。我进去时,两个领导笑容可掬。社长从抽屉里取出一个信封,封皮上用铅笔写了一个数:1500——那是到当时为止,我收到的数额最大的一笔巨款。有点小激动。社长问,你满意吗?我重重地点头,相当满意。然后,两位领导又说了很多鼓励的话。总而言之,中心思想就一个:好好干,大有前途。

是的,我就是为了一个前途才告别妻儿来到成都的,为此不得不每周坐两趟长达八个小时的硬座火车。那时,我也的确看到了前途好像真的缀满锦绣——总编不止一次对我讲,我们想要的不是编辑,是接班人。接班人懂吗?他的大手从我脸前慢慢划过去。此前不久,画刊一个姓张的比我还年轻的姑娘

（我记得刚到杂志社次日，就随领导参加了她的婚礼），被任命为画刊编室主任。社长几次征询我对杂志未来发展的意见，我花了好几天写了一封长信给她。阿来得知后和我开玩笑说，听说你"上书"了啊？所以，那时候，虽然每天干着三个人的工作（除了编正刊《科幻世界》外，另编一份科幻迷协会会刊，还兼职编务——每天要登记的自然来稿多达两三百件），我的出租房远在办公室十几公里外的城乡接合部，天天早出晚归，却因前途诱惑如打鸡血。我买了单放机和录音带，一边骑自行车，一边学习英语。我想，杂志社不是正在筹备明年的世界科幻大会吗，到那时，我的英语就会派上用场了。我甚至天马行空地想，或许最多五年，我就能翻译英文作品。

那年冬天，杂志社决定开一个笔会。其中一个年轻作者，还在川师上大学，没电话，没传呼，写信来不及。我自告奋勇，上门去通知。深冬的夜晚，滴水成冰，我在下班后骑着破自行车，耗费一个多小时，赶到郊外的川师校园；又耗费一个多小时，终于在教室门前找到了那个不到二十岁的小姑娘——几天后笔会结束回城，我又用自行车把她驮回校园。

笔会在成都近郊一家度假村举行。结束前一天，阿来匆匆赶到。他刚参加了在北京召开的全国作代会。酒桌上，他向我们讲起作协的种种内幕，神秘得欲言又止，欲言又止得忍不住主动讲述，如同作协主席那样洞若观火——很多年后，他真的成了作协主席。但在当年，他恐怕未必会想到后来的变化。这说明，因为年轻，世事总是充满变数，人生总是无限可能。

然而，我的前途最终没能缀满锦绣，锦绣只在眼前晃了一晃，当我为了它而暗自欣喜甚至心生骄傲时，锦绣消失了，只剩下崎岖的路途，布满荆棘。

总而言之，有人的地方就有江湖，有江湖就有恩怨，而我的确也做得不够令人满意。比如，我给报刊写稿，每月总有少则十来张，多则二三十张汇款单飞到杂志社，这便成为我工作不尽心的一个重要证据。并且，一次聚餐，我喝高了，胡言乱语又得罪了人。

这样，借调一年结束，我没能像之前设计过的那样正式调进来。——人生无法安排，命运无法设计。我坐在九楼那个临窗的已经坐了一年的位置，办公桌上是一摞又一摞的稿件。在那里，我看完了署有我名字的最后一期校样。那个初夏的黄昏，我独自下楼，独自骑着自行车，独自走出科协大院。向南，经过霓虹艳俗的人南立交桥，向临时的、即将作废的家而去。

我想，我要告别成都，当然也要告别人民南路了。虽然我已经开始喜欢这座喧嚣而庞大的城市。喜欢它小巷里的茶座，绿化带上的迎春花，人民南路上高大的雪松，以及人行道上自行车托起的来来往往的陌生面孔……

5

那个黄昏，我知道我在《科幻世界》的编辑历程已画上句号。我特意推着自行车，慢慢走。我将离开这座城市，当然也将离开这条笔直宽阔的人民南路。我次第经过那些餐馆、茶园、小卖部和小书店，经过那些已经不再有花朵的迎春花，以及伫立在夜色深处的雪松和法国梧桐。

是的，它们都见证了我的命运。一个外地青年在省城一年的命运。希望的命运，失望的命运，都在它们不动声色的注视下。就像我自己，其实，我也在人民南路，见证和注视过另一些人的命运。或者说，在时代的风浪中，我们都是他人命运的参照物和旁观者。

我说过，在我的办公桌所在的位置，如果趴在窗口，就能看到几百米外的人南立交桥。那里，也是我上下班的必经之地。

早晨，七点十分起床，七点半出门。在那个叫沙河堡的城郊接合部，有众多卖早点的小摊，买上十个小笼包子装在塑料袋里,一手执龙头,一手拎包子,边走边吃。耳机里,一个女声正在朗读英语。

那时的成都远不像今天这么臃肿,城区还紧缩在二环以内。二环上,以人南立交为界,当我骑在自行车上从城郊接近人南时,我的右侧是城市,左侧是农村。城市有灰白的楼房、笔直的街道,而农村有竹林、菜地、小河和农舍,恍似我老家背后的风景。只不过,没有山,没有坟地,也没有老祖母站在竹林边大声喊我的小名。

立交桥下,存在着另一个世界,既陌生又熟悉的另一个世界。

宽阔的立交桥,虽不能遮风,却能挡雨,还能抵挡夏天的日头,那里便总是出没着一些边缘人。其中有几个,因为每天至少要见两次——当然,周末和节假日除外,我已经熟悉他们,甚至,我从心里认定,我和他们并没有太大区别:我们都漂泊在别人的城市。唯一不同的是,我在一座庄重的院子里,有一张陈旧的办公桌,有一份别人看起来或许还算体面的据说有前途的工作。但是,从骨子里说,其实我们都是无根的浮萍,我们都被命运的水流,冲到了别人的城市。

一个卖鼠药的中年男人,总是在立交桥下的拐角处摆开他的地摊。地摊是一块肮脏的布——如果像考古学家那般细心,或许还能依稀辨认出,很多年以前,它曾经是白的。白布上有几个褪色的红字:祖传秘方。红字旁边,整齐摆放着数十只老鼠的遗体。这是一些标准的硕鼠,不像老鼠,像兔子。尽管被制成了木乃伊,它们仍然体形肥大,毛皮光滑,一个个龇牙咧嘴,有的嘴角还带着一种诡异的笑。

卖鼠药的中年男人,坐在地摊后面的小凳子上,只要不是数九寒冬,总是穿一件背心,好像要用这种不怕冷的方式吸引路人眼球。每当有人走过或瞟他一眼,他就扯开嗓门,用一种古怪的腔调唱歌一般地吼:同志哥你听我说,老鼠的危害实在多:进你的屋,爬你的床,咬坏了你的的确良。或者:老鼠药药老鼠,大的小的都逮住。你不买我不卖,你家老鼠谈恋爱。或者:老鼠药老鼠膏,老鼠一吃就报销。你不买,我不怪,你家老鼠半夜啃锅盖。锅盖啃个洞,煮饭有条缝……

我租住的城乡接合部,马路一端是广告中所说的高尚小区——我的朋友谢伟就因单位好,在那里分了一套;马路另一端是农民的出租房。出租房与出租房之间,阴沟交错,剩菜剩饭在污水里积成小岛,便成了老鼠的天堂。就连我租住的屋子,也进了老鼠。我没有锅盖让它们啃个洞,它们恼羞成怒,气撒到书上,砖头厚的书被啃得卷了边。所以,有一天,我在鼠药摊前刹住车,买了几包鼠药。也就是那一次,我才发现那些乍一看十分肥大的老鼠,原来都是老鼠皮,腹腔里用稻草填充。不久的一天中午,我沿着人民南路散步,不知不觉又走过鼠药摊。中年男人在喝酒。一个塑料袋里,装了些猪头肉,放在用稻草撑大的老鼠木乃伊旁。中年男人已喝得面红耳赤,他认出了我,热情地招呼:同志哥,来,一起喝一杯。哎呀,不要客气嘛,出门就是朋友,四海之内都是兄弟……

鼠药摊不远,是一个拉二胡的老人。须发皆白的老人有一张皱纹汹涌的脸。这样的脸,一看就经历了过多的风霜,藏着过多不为人知的故事。与天天大吼大唱卖鼠药的中年男人不同,老人很安静。甚至,他的二胡拉出的曲子,也让人觉得很安静。当中年男人喝酒时,他在闭目养神。当立交桥下来往的人渐渐多起来时,他端正身子,不紧不慢地拉。老人面前,有一只破旧的竹篮子,里面有面值不等的钱——大多是五毛、一块、两块,很少有五块,十块就更少,甚至压根儿没有。

老人拉琴时,眼睛也是闭着的。不过,一旦有人朝篮子里扔钱,他就像有心灵感应似的睁开眼。睁开眼,既不停止拉琴,也不说话,甚至,连头也不向扔钱的人点一下。

二胡老人对过,是一个乞讨的女人,肮脏的脸和破烂的衣服，遮掩了她的年龄，也许二十多，也许三十多。这种年龄的女人出来乞讨，大多原因只有一个：脑子有问题。从她常常呆望立交桥的桥墩或是停留在对面树上的一只鸟儿来看，或是从她灰白的眼神来看，她不是正常人。女人脚下，铺着一张草席，草席上，摆着两只破碗和一个破盆子。盆子里，偶尔有路人扔进去一些零钱——其数目，显然不如拉二胡的老人。毕竟，老人在卖艺，而她，只是乞讨。

让人意想不到的是，这个看上去严重智障的女人，却有一个可爱的孩子。孩子三四岁，有时睡在草席上，长长的睫毛漏出来，像个洋娃娃。有时女人抱着孩子，一动不动地望着对面的桥墩。孩子虽然也不动，大眼睛却扑闪扑闪的，随着来往的人流而移动。

因为这个孩子的原因，附近的一些餐馆和住户，常为她端来饭菜。饭菜倒进一大一小两只破碗，她们就坐在草席上，无声无息地吃。而此时，中年男人在喝酒，老人在闭目养神。中午时分的人南立交桥下，人迹稀少，相邻的田野，油菜花金黄，一只只蜜蜂不辞辛苦地运送着小小的香气。我从11号大院走出来，因过多的稿件而倦怠的双眼想看看春天的风景，尽管春天的风景常让人生出一些无端的忧郁。

然后,有一天,我就看到了难以忘怀的一幕。女人端着大碗,孩子站在她面前,望着她的碗。碗里,是一根油条。一看就是一根冷油条,色泽很深。女人咬了一口,在嘴里用力地嚼。孩子大声喊,妈妈,油条;妈妈,油条。女人把孩子的下巴轻轻托起,示意孩子张开嘴巴,然后,她把自己嘴里已经嚼烂的油条小心吐进孩子的嘴……

6

我的借调期只有一年。又是一年初夏来临,我没能像一年前预想过的那样从借调变为调动。而当初,为了借调,我几乎和原单位领导撕破了脸。因此,原单位来电,要我要么辞职,要么回去上班。那时候,辞职不是一件容易的事。我只有回自贡。

做出决定不久,两个领导找我谈话。谈话到底说了些什么,我已经忘了。不过,当年的日记记下了谈话最重要的一点:我向两个领导一再陈述,希望重用阿来,而不是重用他们调来的另外某人。我甚至断言:只有重用阿来,杂志才有前途。二十多年过去了,当年的白纸黑字依然保存完好。

晚上,阿来请我在"蜈蚣"脚上的某家小酒馆吃饭。第二天,他陪我到电脑城买电脑——他用电脑的时间比我早,我请他帮我把个关。我用卖股票的七千块钱,买回人生第一台电脑。我想,回到自贡,收入锐减,我得比以往更加勤奋地写作,一家人才不至于挨饿受冻。临别,相互说了些苟富贵之类的话。后来,他确实也帮过我,比如我为书商写的第一本书,就是他牵的线。再后来,我们渐渐不再有联系,只是偶尔会在共同朋友的酒局上不期而遇。遇上了,就喝一杯。或者两杯。

杂志社为我饯行,饯行的地方就在人南立交旁的一家酒楼。新泉先生也来了。社长笑着对我说,希望能有第二次握手。——许多年过去了,《科幻世界》的领导已换过好几茬,我也曾无数次从人民南路11号大院前经过。人民南路如同二十多年前那样宽阔,只是车更多了,人更密了;至于曾经巍峨的11号大院那座灰白的大楼,它已被更多更高的大楼淹没,必得走到近前,才能看到从前十分宽大的院门。而我,再也没有进去过。

饯行酒局结束后,我顺着人民南路慢走,当我又一次走到立交桥下时,从前喧嚣的场景已经消失——一周以前其实就已经消失。卖鼠药的中年男人不见了,拉二胡的老人不见了,乞讨的疯女人和她可爱的孩子也不见了。立交桥下的空地,干净而空旷，就连花坛里的树木，仿佛也是多余。

据说，一个外国大人物将要来访，而人民南路是这座城市最重要的干道，当然也是大人物车队的必经之地。因此，一切破败的、不合时宜的东西都不能出现，都必须远离。不论卖鼠药的中年男人还是拉二胡的老人，抑或乞讨的女人和她的孩子，他们都有碍观瞻。是的，有的人活在世上，如同锦上添花，而有的人活在世上，却有碍观瞻。评判标准，无非后者弱小，卑微，除了生命就一无所有。

立交桥下清静了十来天，十来天后，大人物早走了，城市又慢慢恢复了它的本来面貌。卖鼠药的中年男人又摆开了他的地摊，几十只陪伴他闯荡江湖的老鼠，又露出了嬉皮笑脸的牙齿。拉二胡的老人，依旧在午后打盹，只是脸上更多了一些皱纹，皱纹快要把脸挤破了。变化最大的是乞讨的女人，那床色泽深暗的草席不见了，她在地上铺了几张报纸。孩子也不见了，她怀里抱着一个比她还脏的布娃娃。她把碗里的油条放进嘴，嚼烂了，焐热了，再小心吐到布娃娃嘴里。听人说，大人物来访那几天，她抱着孩子去乡下，过一道小桥时，孩子不慎掉进了灌溉渠。真相是否如此，不得而知。事实上，也没有人有兴趣去知道。可以知道的仅仅是，大人物一次习以为常的访问,便足以改变许多小人物的命运。初升的阳光透过树梢,斜斜地射过来,正好落在疯女人铺的报纸上。头版,大人物神采奕奕地微笑着,向虚无的人群招手,示意。

那一天,我离开了成都,离开了人民南路。当然,只需要两年光阴,我就会再一次回来。只是,人不可能第二次踏进同一条河流,我也不可能第二次踏进同一条人民南路。

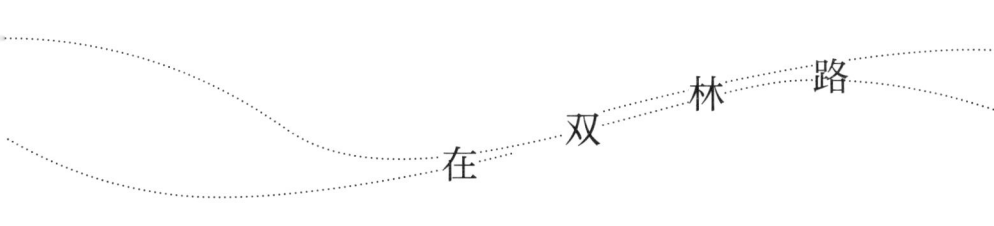

在双林路

1

双林路是成都一条大约两公里长的大街,从二号桥到万年场,笔直,宽阔。由西向东,次第经过电视塔、邮局、二滩大厦、成都电视台、新华公园、五冶家属区,当路口出现一尊军人持枪冲锋的雕塑时,双林路就在二环画上了句号。在靠近二环的地方,有一大片拥挤的楼房,那就是早年修建的拆迁安置区。

二十年前的成都,远不像今天这样庞大。二环以外的地方,就是大片大片的原野,花红柳绿,间或稀疏地布几座房子,立几根烟囱,蚂蚁般的人群像是地毯上撒了些芝麻。大货车从二环呼啸而过,声嘶力竭,尘土漫天,宛如战场布景,二环自然就成了城市与郊区的分界线。靠近二环的双林路安置区,无疑就是典型的城乡接合部了。

如同所有的城乡接合部一样,这里也永远拥挤着来自乡下的黝黑面孔,南腔北调的方言像一片海洋,里面漂浮着成都话的零星岛屿。菜市场、面店、苍蝇馆子、理发店、小商店,路边随意停放的自行车、面包车,晾晒在女贞树上的花花绿绿的衣服;有太阳的下午,坐在两栋楼之间的空地上晒太阳的老头老太;傍晚时分叽叽喳喳如一群小鸟的孩子;菜市场里鼎沸的人声,隔了上百米也能闻到的鱼腥味、猪肉味;午夜的麻辣烫摊前几个喝得醉醺醺的男人,大声武气地诉说着生活的艰辛或快乐;三五家按摩房,永远散发出橘红色的灯光,像是温情脉脉的灯塔在指引迷途的航船……这一切,如此生硬又如此协调地混搭在一起,成为双林路这座人间舞台的布景。

我从自贡再次漂泊到成都,双林路是我的第一站。长长的双林路上,距新华公园不远处,曾经有一家叫什么钻石的娱乐城,夜晚霓虹闪烁,门前扭动几个紧身热裤的女子,让整条街的荷尔蒙急速上升,空气中满是暧昧与轻浮。就在娱乐城背后,有一条两三百米长的斜斜的小巷,小巷两旁,是十几栋七层的楼房,每两栋楼房形成一座小院,每座小院的门卫,就像精心挑选过似的,都是一些满面皱纹和倦容的老头,手里摆弄着砖头大的收音机,半闭着眼收听川戏或新闻。

2

我和中学同学简锐合租。房东只提供了房子和两张会唱歌的木床，我们的衣服大概只能放到油污的地板上。幸好，简锐任职的公司就在左近，他利用职权之便，趁着黑夜从公司顺来一张布满陷阱的沙发，一把色彩可疑的藤椅，两只塑料凳子，一张只有三条腿的圆桌。塑料凳和圆桌放进他的房间，沙发和藤椅放进我的房间。我把从自贡搬来的电脑摆放在藤椅上，藤椅太小，只能勉强挤下显示器，主机和打印机就搁在地板上。工作时，键盘横在怀里，半个身子小心镶进旧沙发的陷阱。一个字一个字地敲，一个小时一个小时地敲，一个夜晚一个夜晚地敲。这样的工作倒是和我以前发配工厂时做装配工很相似，无非就是每一分钱都要通过双手劳动去换取，少敲一次也不行。

我和简锐都不会做饭。早饭好说，一根油条或一碗小面就可对付，中午单位有盒饭。晚上回到暂住地，离我们出租屋不到两百米便有一家农贸市场，农贸市场门口，一溜几十家小餐馆。正值夏天，我们坐在树荫下的小凳子上吃晚饭，天气大热，喝两瓶冰冻啤酒是非常愉快的事。要了啤酒，自然得要两个凉菜。如此吃下来,一个月不到便深感经济压力巨大。有一天,我们决定自己做饭,从市场买了些面条,看到有油炸小鱼,也买了一份。回去路上,忍受不了油炸小鱼的香味,你一条,我一条,走到楼下,打包袋里只有一些油炸小鱼的残渣了。

不久,诗人阿丘也来成都打工,两居室的房子要挤三个人,阿丘只能住在进门那个据称叫客厅,事实上相当于过道的房间。阿丘说他家庭负担重,不能在外面吃饭,又宣称他会做饭。于是,接下来的一些晚上,他那肥胖的身子吃力地钻进阳台改成的厨房一阵忙碌,端上来一大盆面条或是一锅有些夹生的米饭。那段时间,我总是拉肚子。直到有一天我从厨房经过,看见他拿着一块根本看不出本来颜色的抹布认真地擦拭不多的几只碗和几双筷子才恍然大悟。他的理论是:不干不净,吃了不生病。

阿丘是个胖子。其实我认识他时他还算瘦弱。后来,他所在的单位派他到北京一家餐馆做采购,一大福利就是免费吃喝。这种福利对一个曾经多年吃不饱饭的乡下穷孩子来说,是一种致命诱惑。阿丘说,早上吃油酥花生米,他要直接浇上一大瓢麻油。半年时间里,他以每个月十斤以上的速度增肥,肚子就像吹胀了的气球。胖子鼾声大,他的鼾声一波三折,抑扬顿挫。一门之隔,我无法入睡。有一天实在忍无可忍,把他从睡梦中叫醒:你还是起来写稿吧。五分钟后,我听到厕所里传出淋浴的水声。惊问其故。阿丘满面委屈地说,你不是叫我洗澡吗?另一晚,又被鼾声吵醒,我把采访机放到他的枕边录了一段,第二天放给同事听,请他们猜这是什么声音。他们研究了大半天,最终一致认定:电钻。

安置房一部分出租给我们这种外来的蓉漂族,一部分房主自住。房主当然都是成都人。要辨认房主和租客很容易:不仅因为房主操着软绵绵的成都话,还因为房主大多会牵一条狗,慢腾腾地走在小区的林荫道上。更多时候,他们挤在小区茶馆里,乐此不疲地打麻将。房主和租客是两个阶级,泾渭分明,老死不相往来。一旦交集,那多半会有不愉快的事发生。

有一天晚上,我们在外面喝了酒,回到房间,情不自禁唱起歌。一会儿,有人猛烈踢门,开门时,两道强光电筒的光柱像两根棍子凶狠地戳进屋,棍子后面,是两张模糊的、油汪汪的胖脸。胖脸自称警察,是来查暂住证的。我们自然没有暂住证,胖脸语气越发严厉。我终于想起,除了身份证,我还有一本作家协会的会员证。大概看在我们好歹也算文化人的份上,胖脸说下不为例,明天必须到派出所补办,否则后果自负。

送走警察，才发现阿丘不见人影，四处一寻，原来他早就躲进了卫生间。在确信警察已经走远后，阿丘红着脸从厕所闪出来。他说在北京时，经常查暂住证，因为没有暂住证，他差点被警察押送到昌平挖河沙。我说，看来成都警察还是要温柔一些。但警察再温柔也是警察，第二天，我们灰溜溜地到派出所办了暂住证。后来，和办证的警察搞得有几分熟了，警察说，其实我们根本不知道你们办没办暂住证，是你们楼下邻居举报的。我们这才想起，有一天阿丘在阳台上晾衣服，不小心把水溅到了楼下晾的拖布上。当时，一个老头就气势汹汹地踢门，原本软绵绵的成都话，也变得铁一样坚硬。

告密老头让我想起另一个差点做了我们房东的老头。那个老头在决定把房子租给我们之前，向我们事无巨细地提了二十多条要求，其中最搞笑的是，他认为手机充电器容易引发火灾，因此我们不能在房间里给手机充电。你们在单位上充吧，他说。这也罢了，尤其荒谬的是，他又说，你们既然是编辑，是作家，我这个人的人生经历非常丰富，拍成电影也感人得很。我写了一部回忆录，你们得答应帮我修改。说到这里，老头从一只破旧的公文包里摸出一张写满了字的纸，来，你们签个字吧，我提的要求都在上面，你们答应了，我就把房子租给你们。接下来，我们落荒而逃。

是时，简锐新婚不久。简锐从技校毕业后，分配回老家一所乡中做校工，校长不待见他，曾经在全校员工大会上说："简锐，如果你要辞职，没有人会留你的。"在那个偏僻的小镇，尽管长得一表人才，但简锐竟然找不到女朋友。为此，他在一个炎热的暑假漂泊到了成都，在一家当时有名的生产口服液的公司打工。公司长年无休，天天加班，但令他欣慰的是，他在公司下属的分公司找到了女友并迫不及待地结了婚。

简锐的老婆远在距成都两百多公里的另一座城市，两地分居，大约两个星期见一次面。虽然古人早就断言：两情若是久长时，又岂在朝朝暮暮。但我们不是痴情的古人，为了一个诺言就可以痴守一生。没有朝朝暮暮，哪来两情久长？所以，一个不变的现实是，分居总会导致移情别恋。不是我们花心，而是距离终将如同一盆接一盆的清水，它会把原本浓烈如酒的感情冲得越来越淡，直到最后只有水没有酒。

新婚几个月后，简锐和小文相识并迅速坠入情网。有一天，小文来看简锐，顺便在楼下买了一大篮水果。孰料第二天，简锐的妻子小肖来了，她看见水果，随口问谁买的？一旁的阿丘差点脱口而出说小文买的。简锐急中生智，指着阿丘说，丘大哥听说你要来，专门给你买的。从此，因为这篮虚构的水果，小肖对阿丘格外信任。在她和简锐闹离婚的那些日子，她经常打电话找到我和阿丘，要我们为她和简锐的矛盾评理。其实，清官难断家务事。更何况，中间还有缠七夹八的感情纠葛呢？我们只得小和尚念经那样有口无心地劝说简锐几句，但事实上，我知道我们是无法劝住一个被爱情施了魔咒的男人的。除非魔咒自动失效。

果然，闹了大约半年后，简锐的第一次婚姻宣告结束。好在还没来得及生儿育女，好在原本就两地分居，好在没有多少家产要分割。离婚证一办，走出民政局的大门就从此天涯路人了。其实，这世上有多少婚姻，多少缘分，不是如此这般地萍水相逢又擦肩而过，然后相忘于江湖呢？我的四川老乡苏东坡总结得好：人生不过是"泥上偶然留指爪，鸿飞那复计东西？"

离婚后，简锐从我们的集体宿舍搬了出去，毕竟，他是热恋中的人，他需要独立的空间做爱巢。

意外的是，几个月后一个冬天的夜晚，我和朋友在一家酒吧喝酒时，突然看到一张熟悉的脸，那是简锐的女朋友小文。小文挺着大肚子，提着一大篮香烟在叫卖。我惊讶地问她这是怎么回事。小文说，简锐害怕和她结婚，三个月前不声不响地离开了成都，据说到乐山去了。她又指着肚子说，这是他的孩子。我要把他生下来。我问她，如果简锐不认，不肯和你结婚，你今后怎么办？小文说，我管不了那么多，我一定要把他生下来。为了多挣点钱，我白天上班，晚上就到酒吧卖烟。

第二天，我拨打简锐的手机，不通。经过一番周折联系上后，我给他讲了前一天晚上在酒吧的所见所闻。电话那头，半天没声音。一会儿，我听到了低沉而压抑的抽泣。

如今，当年那个还在肚子里就随妈妈在酒吧卖烟的孩子已经十四岁了，上初三，嘴唇上已长出细细的胡须。那家酒吧大概还在，只是，坐在里面喝酒的，已不再是十多年前的那群人了。在一座相同的城市，不同的人先后粉墨登场，然后不可阻挡地老去。留下往事，如同云烟。

3

楼下的邻居，除了举报我们没办暂住证的老头，还有一对母子。母亲六十来岁，一头花白的头发梳理得整整齐齐，说话细声细气，见到我们，甚至还会打招呼。她大概是身为成都人而又主动和外地租客打招呼的唯一一个，为此，我们对她印象很好。我无端地认为，她一定做过小学老师。只有做过小学老师的女性，才会有那种发自内心的柔软善良的微笑。

但这个小学老师在柔软善良之外，还有一份解不开的忧愁。她的忧愁来自她的儿子。她的儿子三十来岁，和我们是同龄人，平时也穿戴得很整齐，虽然不是名牌，但浆洗干净，搭配得体。

她的儿子没有工作，而她，也早就退了休。每天早晨，她的儿子——依稀记得，老太太叫他强娃——都会在八点左右搬着一张椅子走下楼，他会坐在两栋楼出口的传达室门外，那里正好对着那条斜斜的小巷。清晨，正是上班高峰期，自行车铃声响成一片，每当有年轻女子经过，强娃就从椅子上站起来，张开双臂，充满激情地对着人家高声唱："没有情人的情人节，多少会有落寞的感觉，为那爱过的人不了解，想念还留在心里面……"

后来我们隐约得知，十年前，强娃因为一场惊天动地的爱情落下了精神病，只是，那场爱情到底如何惊天动地，我们不得而知。总之，当我们见到强娃的时候，他就是一个精神病加花痴了。就像有些人仿佛一生下来就老了一样，强娃仿佛一生下来就是精神病加花痴。他的事业就是每天早晨准时来到小院门口，准时对着来来往往的女子唱那首《没有情人的情人节》。

不久，情人节真的到了，玫瑰花和巧克力的映衬下，酒吧与咖啡馆艳俗夸张的海报铺天盖地，整座城市在一夜之间变得像怀春的少妇。那天晚上，强娃把家里的录音机开到最大音量，一刻不停地循环播放那首《没有情人的情人节》，直到我们上床睡觉，院子里还回荡着孟庭苇凄楚的声音："情人节快乐，快乐情人节，把那忧郁的发丝轻剪。情人节快乐，快乐情人节，一个人流连花好月圆……"

开初，我们以为告密老头会去干涉，他说过他最需要安静。奇怪的是，告密老头没有任何动静，整栋楼整座院子也没有任何动静，如泣如诉的音乐一直唱得鬼哭狼嚎，直到整栋楼整座院子都在音乐声中昏昏入睡。太阳升起来的时候，强娃终于关了录音机，搬着那把椅子兴奋地往楼下走去。他双眼通红，布满血丝，却像打了鸡血一样亢奋。

老太太是在一个寒冷的冬天去世的。几个据说是老太太堂兄弟的人在院子里搭起灵堂。没有哭泣，不多的几只花圈暗示主人生前的卑微与无足轻重。灵堂前，堂兄弟和他们的妻儿摆了两桌麻将。打麻将的人高声说笑，为一手好牌激动得把麻将在桌上用力地敲，或是为一张臭牌大声骂娘，顺便给旁边捣乱的小孩一记巴掌——这一回，灵堂里终于有了哭声。强娃很安静，他独自坐在远离灵堂的帐篷外，他屁股下的那把椅子，靠背上印着成都某小学的红字，红字已经异常黯淡，像一些史前遗址，须得考证才能辨识。据说，他天天把这张椅子搬下楼再搬回家，如是者已经十年了。每当有年轻女子从灵堂前经过，强娃一如既往地从椅子上站起来，张开双臂，充满激情地唱："没有情人的情人节，多少会有落寞的感觉，为那爱过的人不了解，想念还留在心里面……"

两天后，灵堂拆除了，老太太的儿子不见了，据说被亲戚们送进了福利院；那套房子也卖了，用来支付福利院的费用。老太太的几个堂兄弟为了分配遗产大打出手，一个鼻血长流，一个眼眶青肿，一个要日另一个的妈，一个要操另一个的先人。打完架，他们带走了包括垃圾桶在内的所有家具，独独留下了老太太的骨灰盒。所以，很多天以后，当房子的新主人在屋子角落发现那只孤苦伶仃的小盒子时，她打开后愣了半天才弄明白是什么东西，于是尖叫着从五楼飞滚而下，瘫倒在一株女贞树浓重的阴影里又骂又哭。

4

我们的隔壁是一套一居室的小户型，不知是设计者脑子进水，还是因为是拆迁安置房所以偷工减料，小户型只有一间半屋子，一间是正屋，半间是厨房和卫生间，另外带有一个三平方米的阳台。之前，那套房子一直空着。终于有一天，搬来一个年轻女子，那时候强娃已经被送进了福利院，不然，他一定会天天对着她高唱情人节快乐的。

年轻女子显然是从事皮肉生意的，这一点，从她暴露的穿着，打身边经过时肆无忌惮的香水味，以及中午起床，半夜乃至凌晨才回家的作息时间就可以推测得出。在这个日益商品化的社会，人群已经被最大地简化为买方与卖方，只不过买卖的东西不同罢了。所以，对这样一位邻居，我没有丝毫歧视的意思。有时候哥几个聊天甚至突发奇想，如果我们有机会采访她，一定可以写出非常具有可读性的纪实文学，说不定还能拿到《知音》去骗几千块钱稿费。当然，每次见到她，我们根本没有勇气和她打招呼，遑论采访。她浑身上下散发的香水味浓烈得所向披靡，阿丘迎面而过时常常面红耳赤，而告密老头的目光，总要追随她走上好几十米。

有一天，艳俗女邻居忽然穿戴得像个上班的良家妇女，身上的香水味也淡了不少，并且，她居然破天荒地在早上八点就打开了房门。一会儿工夫，竟然从楼下拎回一些菜蔬，以及一笼热气腾腾的灌汤包。一会儿，当我听到她在隔壁大声叫乖儿子时，我恍然大悟，原来她的儿子来了。在儿子面前，她得像个母亲，哪怕她原本的身份是妓女。下午从外面回来，窄窄的楼道里，一个五岁左右的小男孩趴在地上玩一辆红色的小汽车。听到脚步声，他抬起头，兴奋地对我说，叔叔，我妈妈刚给我买的新汽车。新汽车哟，会跑的呀。

先前，女邻居总是下午两三点出门，半夜三点甚至凌晨五点回家，这说明，她很可能在某个固定的娱乐场所上班。现在，她的儿子来了，她怎么上班呢？吃饭时，我和阿丘探讨了半天还是不得要领。毕竟，那样的生活离我们太过遥远。

后来的一天凌晨，我突然被隔壁传来的一阵只可意会的声音惊醒，哦，原来女邻居的工作地点从娱乐场所改成了暂住地。只是，她的儿子怎么办？又过了几天，一个深夜，在经过新华公园门前那条浓密的林荫道时，我看见一个袒胸露乳的女子站在半明半暗处，向路过的男人招手示意。文雅说，叫流莺；通俗说，叫站街女。我一下子明白了，我们的女邻居一定也是这样。晚上,她在儿子入睡后,再换上工作服走到树荫下寻找业务。一旦有了业务,她就和客人一起回到出租屋,于是就有了我们凌晨时听到的那种奇怪声音。她既要在儿子面前保持母亲的尊严,又要让自己和儿子有一口饭吃。她只能昼伏夜出,就像险恶丛林里一只拖儿带女的母兽。

又是一个夜晚,我们被一些突如其来的声音惊醒了,那是从隔壁传来的孩子的哭喊和男人的呵斥,以及从走道里传来的脚步声和吼叫声。透过猫眼,我看到几个警察正在把女邻居和一个男人反扭了双手往楼下推,女邻居的儿子抱着她的双腿大声哭喊,地上扔着那辆红色的小汽车。

后来,从派出所那位办暂住证的警察口中,我得知了关于女邻居的故事:女邻居以前在某洗浴中心上班,和老公离婚后,儿子断给了她,没人带,只得接来成都。就像我曾经推测过的那样,每天晚上,女邻居把儿子哄睡后,就到新华公园一带勾搭男人并带回家。房子太小,只有一张床,她的儿子就睡在阳台上的一张破席子上。有好多次,她的儿子从睡梦中惊醒,看到一个陌生男人骑在妈妈身上,顿时吓得号啕大哭。他的哭声,让楼下的告密老头常常失眠。于是,告密老头又一次走进了派出所。

那段时间,告密老头刚生了一场大病,由于中风,他的脖子总是向左方僵硬地偏着，说话时，就永远给人一种愤怒的错觉。那个冬天，他总是坐在传达室门口那张不知谁丢弃的长椅上晒太阳，那里没有小区里无处不在的女贞树，太阳从早晨一直晒到傍晚。很多时候，他晒着太阳进入了梦乡，打起轻微的鼾，嘴角挂着涎水，像蛛丝一样又黏又长，风一吹，晃晃悠悠。他醒来时，又一次和门卫大爷说起我们的女邻居，他忽然提高声音，向左歪着头，颤抖着手狠狠地剑指前方，那个贱人，我一看，我一看就晓得她不是好东西。伤风败俗，伤风败俗懂不懂，以前我当副科长的时候……但是，几乎对所有人都过分热情的门卫大爷居然没接他的茬，自顾低头摆弄那只破旧的半导体，里面有一个女声正在兴高采烈地播报：最近，为了迎接××会议的胜利召开，我市掀起轰轰烈烈的扫黄打非运动，出动警力两千人次……

女邻居和她的儿子就这样从我们的视线中消失了，没有人知道他们去了何方。是乡下老家，还是另一座遥远的城市，抑或就是成都的另一个楼房拥挤的拆迁安置区？她是重操旧业还是另谋生路？很多个夜晚，当我经过新华公园门前并遇到一个个站街女时，我总是下意识地辨认，她们是否就是不知名不知姓的女邻居。但那是另外一些陌生的脸孔，娇媚与浪笑背后潜伏着无边无际的焦灼和不安。女邻居被抓走后，那辆红色小汽车，她给她从乡下接来的儿子买的红色小汽车，一直安静地仰面躺在门前的楼道上。灰色的楼道和灰色的墙壁之间，小汽车的大红色突兀，意外，触目惊心。

5

那时候我辗转在一些报刊打工，薪水微薄。为了养家糊口，我得给本城的多家报纸写专栏。那时候，这个号称报都的城市，竟然有七家每天出几十个版的日报，并且每家报纸都有一个甚至两三个风格不同的副刊。我的千字文就刊登在旧时所谓的报屁股上。为此，我每天总得到报摊上买几份报纸。一来二去，我认识并熟悉了报摊的老板，那就是来自云南昭通的王二娃和他的老婆李桃花。

王二娃上身是西装，脚上却是一双破胶鞋，而且永远不穿袜子。你七点起床，他在报摊上；你六点起床，他还是在报摊上。他的报摊在小区通往双林路的小巷拐角处，生意不算好，但也还混得走。据王二娃的老婆李桃花说，王二娃是个有洁癖的人，一大早从报刊批发中心把各种报纸领回来后，他把原本一张张散乱着的报纸夹在一起成套，要是报纸的角有些皱了，他一定会心痛地用手细细地把报角抹平，如果抹不平。他就会显出焦急的样子。再如果一连几张都是这样，哪怕大冷的冬天，他那个冻得像一根广味香肠的红鼻子，就会渗出一些绿豆大的汗珠。

李桃花虽然长得不像桃花，但看上去要比王二娃能干一些。因此他们两口子的分工是王二娃守摊子，李桃花沿街叫卖。成都冬天的早晨常常呵气成霜，两口子理好报纸，王二娃坐在报摊前袖着手，肥大的棉袄使他看上去像一个辛勤的菩萨，他直直地看着街上来来往往的人群。正是上班时间，一大群人骑在自行车上，急三火四地朝城里赶。在我们这个时代，每个人都是一只辛勤的蚂蚁，疲于奔命却又目的不明。王二娃看着看着，眼神迷糊起来，一下一下点着脑袋，像是小鸡啄米。但一旦有人来买报，哪怕离他的报摊还有五米远，他立即就睁大了眼睛热切地望着你，让你觉得不买他的报纸简直天理难容。与此同时，强娃坐在距王二娃五十米开外的传达室门前，兴高采烈地对每一个路过的年轻姑娘高唱"情人节快乐，快乐情人节"。

李桃花背着报纸沿街叫卖，要比王二娃辛苦得多。她总是到双林路早点铺里去卖，很有耐心地逐一问那些喝着石灰水般的豆浆，啃着黄铜般的油条的人们，师傅来份报纸吗？有商报早报华西报青年报。吃喝的人们往往头也不抬地挥挥手，这里面大多数是拖三轮或砌砖头的农民兄弟。农民兄弟是不看报纸的，他们能看云识天气。

后来，李桃花有经验了，她不再逐一问所有的食客，而是专门挑那些戴眼镜的人，穿西装的人，上衣口袋里插钢笔的人，一边看手机一边啃油条的人，把女人喊作亲爱的或达令的人。她当然不再喊师傅，凡是戴眼镜的理所当然是老师，不戴眼镜的都是老板。这样，我有幸在那个冬天当了几回老板。几天后，她认识了我，她知道我每天都要在王二娃的摊子上买两块钱的报纸，她会朝我笑一笑，并且说，哦，你不是老板，你是我们小区那个胖娃，你是写作文的。你写的作文就印在报纸上，坐在屋里就把钱赚了，还是你们有文化的人活得安逸。不比我们，风里来雨里去，卖一天报也挣不了几个钱。

下午，李桃花带着一身疲惫回来了，如果报纸卖得好，她会小鸟依人地坐在王二娃身边，两口子低声交谈，好像在念叨乡下的两头牛、十只鸡和他们的父亲母亲，以及两岁的女儿。如果报纸卖得不好，李桃花的脸就如同四川盆地深冬的天空一样暗淡阴晦，她站在报摊前像个严肃的首长一样批评王二娃，从王二娃小时偷她家的桃子骂起，一直骂到王二娃的洁癖。她说，正是王二娃的洁癖造成了今天报纸的滞销。

每过半个月，李桃花和王二娃就会咬咬牙拿出五块钱，在小巷尽头印老板的店子里打个长途电话。后来我才知道，他们与乡下父母约好了，农历的初一和十五晚上七点钟，他们打电话回去，家里是没有电话的，他们的父母跑到离家两里的乡政府去接。每次，李桃花总是带着哭腔对着电话语无伦次，甚至说不出话来，只听得鼻子抽成一片，急得王二娃一边看计费器，一边用力捶打自己的脑袋，仿佛他的脑袋里有一群绵羊在跳舞。有一次，电话超时三秒，为此要多付几毛钱，这一回，王二娃史无前例地批评了李桃花，李桃花史无前例地保持沉默。

王二娃和李桃花就这样生活在别人的城市里。他们每天都带着报纸的油墨味儿呼吸。太阳在照别人的时候，也会顺便照照他们。而我，我每天都会到他们的报摊上买回两块钱并不太想看的报纸。这是一个穷人对另一个穷人的理解和支持，就好比同一座牢里的难友会相互鼓舞说：兄弟，熬一熬吧，很快就会好起来的。

6

从自贡到成都，我就算自谋职业的打工仔了。我不大可能在一个单位待得太久，因为人间的变化总是比计划更快：两年多时间里，我先后换了几个工作，先在一家报纸做策划，然后在一家妇女刊物和一群老太太研究爱情婚姻家庭，再然后编一本浅薄无聊的追星杂志。也就是说，我没有固定的通信地址。这对一个以笔为旗，企图通过不断发表文字来证明自我存在的活在纸上的写作者来说是寸步难行的。我必须有一个通信地址，这样我才能建立起我和外界的必然联系。出租屋是不行的，保不定哪天我们就会被房东赶走，或是我们自己流浪到城市的另一个角落。

我曾想拜托一位同在双林路的朋友。他是电视台的正式职工。所谓正式职工，意味着他是体制内的人，如果他愿意，他可以在这个单位待到退休，按部就班地分房子、涨工资、评职称。至于我们这些体制外的打工者，必须用劳动的五天养活不劳动的两天，一旦没有可以榨取的剩余价值，老板就会像扔一块用过的抹布那样把我们扔进垃圾桶。而在体制内，哪怕是一张用过的抹布，也不是想扔就敢扔就能扔的。但是，出于种种考虑，我否定了这个想法。

思来想去，我在双林路上的猛追湾邮局租了一个信箱，每月费用二十元。这样，我就有了一个属于自己的通信地址：四川省成都市双林路346号82#信箱。这家邮局的名字有点名不符实,它并不在猛追湾而在双林路,准确地说,它应该叫双林路邮局。这个由几栋楼围成的略呈四角形的院子,如同我设在这里的小小窗口,它将我和这个国家、这个社会、这个时代紧密地联系在一起。

每隔两三天,我就会骑上自行车穿过双林路扶疏的花草与青翠的绿树,绕进猛追湾邮局那座宁静的小院,从腰上取下一把黄铜的钥匙,自标有82的信箱中,取出来自五湖四海的信件。我和这个世界便有了联系。我和你们依旧生活在一起,哪怕我没有户口也没有单位。

取罢信件,我会走进邮局分拣室,在这里领取汇款单或是挂号信。负责这一工作的师傅姓刘,操普通话,和蔼可亲的四十岁男人。我们有时会坐下来抽一支烟,谈谈天气和时事。在这里,总会有不多不少的三两张汇款单静静地等着我,等着我将它们兑换成绿幽幽的人民币,从市场上买回一些青的菜蔬,鲜的猪肉,或是一瓶酒、一条烟,伴我度过一个个在电脑前不停敲打的漫漫长夜。我的生命在这种如同西西弗斯推动巨石上山的循环往复中有了价值和意义。

如今,这个信箱仍然归我使用。只是,已经很少有汇款单从这里飞来，甚至连寄赠的报刊也大为减少，不足以前的十分之一。毕竟，时代在发展，不但支付手段和传播手段在更新，就连谋生手段也必须更新——如果我还在依靠写一些千字文换取汇款单，可能我无法把漂泊的生活持续至今。值得一说的是，曾经如同战国七雄般的七家日出几十版的报纸，如今已只余下两三家还在奄奄一息地苟延残喘。在这个变化的年代里，三十年河东三十年河西太长，只需一眨眼工夫，世界就不可思议地摇身一变。

所以，对我来说，双林路346号82＃信箱，它不再像十多年前那样，是我必须的谋生工具之一。但它是一条通往过去的隐秘小径，在这条小径上，我和自己的昨天一次次相遇，同时也遭遇了那些和我一样生活在低处的人们。他们面容模糊，语音含混，茕茕孑立或相依为命，却又固执地行走在别人的城市。就像水泥缝里飘落的草籽，只要有一点点微不足道的阳光和雨水，它们就会生根，发芽，生命力旺盛得不合时宜。当我回怀那些狼狈不堪的生活，我知道，唯其狼狈不堪，它才更加真实。真实的现实就是一道长长的伤口，它连接着每一个希望与绝望的昨天。再回首，昨天消逝，记忆如灰。

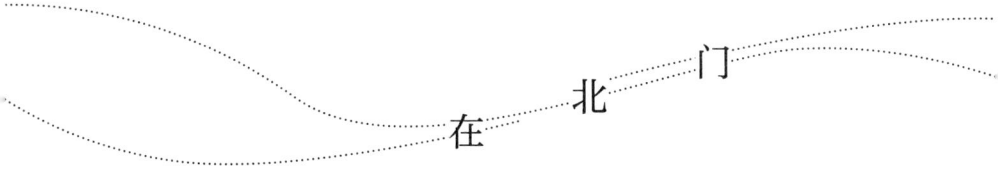

从前，成都是一座方正的城。以展览馆前的毛泽东雕塑为中心，建筑和街道争先恐后地向四个方向摊大饼一样铺开。成都人方向感强，说起东西南北，总要加一个门字：东，是东门；南，是南门；西，是西门；北，是北门。这大概源于明清时修筑的城墙——直到20世纪50年代才拆除。有城墙的年代，城门既是通道，也是地标。

20年前，我从自贡漂泊到成都时，关于四门，有一种说法：东门住穷人，北门住闲人，西门住贵人，南门住富人。这一说法的背景是，东门多工厂，20世纪90年代企业转制，工厂倒闭，工人下岗。年久失修的工人小区，匍匐在破败的已不冒烟的烟囱下，有一种说不出的酸楚。西门有多个政府机构，以及政府宿舍。自然是贵人。南门是新城，刚刚兴起的商品房价格不菲，只有富人住得起。至于北门，火车站和几个长途汽车站布局在此，每一天，车站前的广场上和附近街道上，都游走着若干面目可疑的闲人。

也就是说，经过两年努力，在欠了银行一笔贷款后，我终于成功地把自己从穷人升级为闲人。

在北门买房，固然是由于买不起西门和南门的房，不过也有另外的考虑。我想，我没有固定工作，免不了要在不同单位打工。那么，家的地方，距市中心越近越好——那时的大多数单位，还很规矩地坚守在市中心。至于整座城市，三环也才全线贯通。出了二环，就像到了郊区。我的房子在一环以内，距离府南河，直线不过几百米。

小区门口那条街，南北走向，叫作解放路。由是，我猜测，20世纪摧枯拉朽的战争中，来自北方的军人就是顺着这条街进城的。如今的解放路两侧，已新建了不少高大楼宇，街道也已拓宽。但往前数不到20年，却是一条古意盎然的老街：两旁是一楼一底的木楼，楼上居人，楼下做生意。一棵接一棵的梧桐树，粗壮丰满，满头绿荫。夏天路过，不仅晒不到太阳，即便下点小雨，也不湿衣。躲藏在树后的店铺都是平凡的、平民的：包子店、米粉铺、杂货摊，小旅馆，甚至还有一家即便在镇上也难寻的白铁皮屋。偌大的店铺里，陈列着一些用白铁皮制成的水桶、水壶、水盆、油壶和花盆。一老一少两个匠人——一望而知是一对父子，沉默着，坐在高高的白铁皮制品后面忙碌。

偶尔,会从里面传出一阵阵叮叮当当的敲打声,和门外的蝉鸣搅和在一起。

20年前,我刚过30,正是呼朋唤友、啸傲轻狂的年龄。那时,我的核心朋友圈,大多是与我一样,来自川南的兄弟。其中,不少人是受我的影响,在我到了成都后,才跟着来的。为此,我戏称他们是我的"八千江东子弟"。在这之前,我们大抵有着共同的遭遇:热爱文学,又对与文学毫无关系的工作深度厌倦。于是,在一次次喟叹与犹豫后,终于自己把自己"调"到了成都。

李华即如此。李华少我10岁,那时,他20出头,师范毕业后,分到一所乡村小学教书。那是一所真正的乡村小学,几间东倒西歪的教室,深陷在水塘与秧田交错的原野上。看看老校长霜风凄紧的脸,李华能想到的就是如何从那里逃出去。那年暑假,他第一次来成都。晚上,坐在毛泽东雕塑前的台阶上,他望着远远近近的霓虹与车灯,当然还有从身边走过的、飘着香水味的姑娘。那一刻,他决定:再也不回乡村小学了。他也要到成都来漂泊。

李华的故事让我想起少年时读过的高尔基自传《在人间》中的一个细节——春天,在画师家打杂的高尔基上街买东西。当他沿着伏尔加河行走时,他看到,原本封冻的伏尔加河上泛着春水，河岸上原本光秃秃的树木又吐出了嫩嫩的新芽。刹那间，高尔基心里涌起一阵久违的感动。他决定，再也不回画师家了。为了伏尔加河的美丽春天，他甘愿流浪。

像李华那样从老家来到成都，并聚集在北门周围的兄弟，最多时有十余人。北门大桥下的府南河——这条从成都市中心蜿蜒而过的河，它本有一个更为诗意优雅的名字：锦江，民间却称它府南河。一条府河，一条南河，它们就在距北门四五公里的下游交汇。

除了深冬的夜晚过于寒冷，其他大多数夜晚，我们总是聚在大桥下的一家茶馆喝茶。竹制的椅子和竹制的桌子摆放在绿化带边缘或是河边的人行道旁，三元一碗的成都花茶，开水不限量。如果饿了，还可以叫老板煮一碗煎蛋面。六元，足以吃得饱胀。

夜深人静，其他茶客都散了，只有我们还在高谈阔论。谈论的话题，文学、历史、时事、女人。万变不离其宗的，少不了对未来的期许和向往。那时候，我们还年轻，还在为明天做一个所向披靡的梦。

因为，我们从异乡来到成都，来到闲人出没的成都北门，就是为了一个梦。

老白不算我的"江东子弟",但他和我一样,也来自川南。通过朋友认识他时,他已在北门生活多年,并拥有了一个发福的肚子和如影随形的众多兄弟。别人客气而恭敬地称他"白总""白老大"。不过,他的一些生活细节,依然固执地透露出川南农民的底色。

比如有一次,他宴请一位家乡来蓉的领导,我亦叨陪末座。宴席结束,宾主俱欢,他叫服务员买单。服务员把单呈上,他大声说,我不看。你告诉我多少就多少。接着,只见他伸出熊掌般厚实的手掌,从皮夹克口袋里往外拉出几叠百元大钞。每一叠钞票都用橡皮筋扎着,大概一叠就是一万。然后,再漫不经心地抽出十来张扔给服务员。我和领导大感新奇,也有点意外,默默地看着他。

仔细想来也不意外。因为,老白本是苦孩子出身。没有钱的日子过得久了,留下的印记太深了,才会对钱有一种发自内心深处的偏执。

据老白酒后以及熟悉他的朋友讲,老白出生在我老家一个偏僻的村子——那村子,距镇上也有十几里。从他往上追五代,都是地里扒食的农民。

初中时,老白因交不起两块钱的春游费,被班主任当众一顿奚落。原本就对学校和老师颇不满的老白怒不可遏。许多年后的一次酒局上，他对我说，你想，他当着全班同学的面，尤其是还当着我暗恋的女同学的面。老子一下子就失去了理智。——老白，那时还是小白，抓起一根板凳，砸到班主任身上。这一冲动的结果是：原本要送劳教，他的父母卖掉家里唯一的一头猪，托人找到老师和校长苦苦求情。劳教免了，学却不能再上了。好在，老白早就不想上了。他趁父母还在为他的事找人找关系，背了家里两只鸡和十来斤米，摸黑踩了三十里夜路赶到县城。次日，卖掉鸡和米，买了一张通往成都的火车票。

之所以是成都而不是别的城市，是他的一个远房亲戚在成都打工。过年时，他见过这个远房亲戚。远房亲戚说，成都到处是机会，只要人不笨，发大财是早晚的事。老白只知道亲戚住在成都北门。初时，他以为北门就是一座高大的城楼，城楼下有一些小房子，他自然不难找到亲戚。然而到了成都到了北门，他才惊讶地发现，方圆数公里的几十条街，都笼统地称为北门。

没有找到亲戚的老白就像一粒被风吹到陌生地带的种子，只能自生自灭。前几天，他白天捡破烂，晚上就睡在北门桥洞下。好在是夏天，除了蚊子多些，河里飘上来的气味难闻些，倒还凉爽。后来的一天晚上，他睡得正香，被人几脚踢醒，几个同样蓬头垢面的流浪儿，搜走了他身上最后几块钱。

幸好，第二天，老白就在北门找到了工作：和成年人一起拆房子。工钱天天算，住宿呢，没来得及拆的房子多的是。老白说他第一天挣了十五块钱。五块拿去吃饭，余下那张十块的票子，他一直存着。许多年后，在他装修豪华的办公室墙上，悬着一个精致的相框，里面嵌着一张塑封过的十元人民币。老白说，那就是他打工第一天挣的。

经过多年摸爬滚打，老白在北门立住了脚。在家乡，他也从众口一词的不良少年，上升为传说中的精英。不少来自老家的年轻人投到他门下，他来者不拒，一一收留。我和他交往时，他承包了一家四星级酒店的餐饮和娱乐，还成立了一个商会。每有家乡领导来蓉，总由他出面接待。许多次，我都看到他从口袋里随意拉出一沓沓橡皮筋扎着的人民币。洁白的灯光下，红红的人民币有些刺眼。

老白的发迹对兄弟们是一种鼓舞。我记得，当我在北门大桥下的茶馆里，添油加醋地向他们讲述老白传奇的发家史和如今的偌大家业时，平时老苦着脸的丁诗人猛然在大腿上一拍：他没文化都能混出来，何况我们这些有文化的？难道我们还混不出来？

道理似乎是这样。可很多时候，生活并不按我们自认的道理往前走。生活总是不讲规则，更不讲道理。丁诗人来自老家一家工厂。更早前，他和老白一样，也是家里穷得老鼠都只能到邻居家偷食的穷苦人。在工厂，天天被老板呵来斥去，终有一天，他失去了耐心。那时，我刚到成都，在一家报社打工。他给我打电话说，这×工厂再也待不下去了。我也想来成都。下一周，他就来了。那时，我还没买房子，老婆孩子还留在自贡。我和田二租了一处两室一厅的旧房子。丁诗人从夜市上买回一床草席，往狭窄如过道的客厅一扔，就在上面睡了几个月。

丁诗人因老白的奋斗而生出许多豪言壮语时，他的人生正处于空前的低谷。到成都好些年了，丁诗人总因各种各样的缘由丢工作。有时是老板嫌他呆头呆脑，比如在报屁股上发了一首诗，偏要拿出来让同事们都看看。或是聚餐吃饭时，对大鱼大肉表现得过于热情奔放。有时是他嫌老板对他不尊重。比如在一个书商那里做编辑时，书商的老婆，也就是老板娘，比他还要小两三岁，当着众人的面，不叫他丁老师，叫他小丁。丁诗人勃然作色，假装没听见。

总是丢工作，就意味着总是找工作。给丁诗人找工作，曾是我相当长一段时间里最重要的工作之一。为了给他找工作，我曾带他去一个朋友公司面试。马上该他进场了，他却突然闹肚子，急三火四地冲进厕所，差点把公司董事长撞翻到尿槽里。同样为了给他找工作，我请老陆喝酒。老陆是一家很大的文化公司的中层。我们围在北门的一家餐馆里，喝我妈自酿的米酒，一直喝到日头偏西，双腿发软。过几天，丁诗人去了那家文化公司。不久，老陆打电话向我诉苦：喊丁诗人找一幅插图，他找了一个多月还是两手空空。公司聚会，为了拈爱吃的那盘菜，他竟站起身，筷子追着转动的桌盘胡乱挥舞……虽然诉了苦，老陆好歹把他当作自己人。在老陆的庇护下，老丁在那家公司干了好些年。用他的话说，终于找到一个要买养老保险的单位了。

像丁诗人这样时常被炒鱿鱼的不止一个，十来个兄弟里，甚至，有两个比他还要惨。丁诗人虽然被炒了多次鱿鱼，但也说明他到过多个单位伺候过多个老板。另有两位兄弟，被炒鱿鱼的机会也难得——他们几乎就没找到过工作。

第一个是老汪。出没于北门的兄弟中，老汪年龄最大。他是河南人，早年，在某青年报上发了一首连标题带名字也只有几十颗字的小诗。那时的青年报刊，喜欢在文末附上作者通信地址。这样，那首诗为老汪挣来三元钱稿费（他说用来买了一只笛子)和一麻袋读者来信。其中,竟有十几封情书。

其时,河南乡下青年老汪正为找不到老婆发愁,没想到一下子收到十几封情书。如同快要饿死的老鼠,胡乱一跳,居然跳进了米缸。老汪在情书中挑来选去,确定了一个四川姑娘。通了几十封信后,老汪就从河南来到川南,做了上门女婿。

在川南生活20年后,老汪的口音变得非常古怪,既不是河南话,也不是四川话,当然更不是普通话——或者说,他说普通话的时候,河南人听不懂,四川人也听不懂。他的单位在文化馆。文化馆长年无事,领导默许了他停薪留职。因为他也想到成都漂泊,以便终止20年如一日的枯燥乏味。

老汪找工作的经历曲折而漫长。总而言之,面试了十来家单位,就是没有一家看上他。最大的问题有两个,一是语言不通。人家说,未必我们还要给他配翻译?二是年龄太大。其中一家公司的人暗地里说,这把岁数都该退休了,怎么还出来找工作?

老汪只得回川南,回他的文化馆,继续去当无人可以辅导的文学辅导。临行前夜,兄弟们在一家冷淡杯喝了一夜的酒。一些人醉了,一些人大半醉。醉和半醉的人都同样感动,搂着脖子,拍着肩膀,说一些苟富贵勿相忘的酒话。天明,老汪背着牛仔包,一步三回头地去车站坐车。兄弟们也偏偏倒倒地跨上自行车，匆匆前往打工的单位上班点卯。

第二个是苦根。苦根是我的发小。多年来，一直断断续续有联系。有一年，他突然降临成都，背着一个脏得看不清颜色的挎包，包里装着一只键盘。他说，他和女朋友分手了，电脑主机和显示器分给了女友，他分到了键盘。这个键盘很好用，就送给你。我说，我用笔记本，不需要键盘。他就遗憾地搓着手，怜惜地看着那只孤苦伶仃的键盘。

为苦根找工作倒不像老汪那么困难。毕竟，他就是四川人，语言总是通的，用不着翻译。问题在于，苦根认为自己读了那么多书，还会写诗作文，那肯定算文化人。既然丁诗人都是编辑，他怎么着也得找个和文化相关的事才行吧？

他这么想或许有道理，可问题又在于，他从没在文化单位干过一天，也没有文凭——高中文凭也没有。并且，没发过作品——茶聚时高声朗诵显然不算。两个月后，好不容易为他找到一个和文化稍微沾边的工作：报纸发行。

发行这工作很特殊，凌晨四点半就要到发行站，然后在六点半之前把报纸分发完毕。自称晚上要读书写字的苦根，原本早晨是起不来的，这时也只好凌晨四点起床，顶着满天星光和露水去上班。如是，晚上的茶聚，他就在一旁打瞌睡。他乱发蓬松的头一点一顿,昏黄的路灯下,像是波涛中挣扎的一颗葫芦。

令人气恼的是,就在第一个月只余三天时,苦根不声不响地辞职了——不,说辞职还不对,辞职至少有个正常手续。他是那天早晨突然就不去发行站了。他没手机,人家没法找他。发行站很生气,不仅扣发当月工资,还扣掉了1000多元押金。那押金,是众多兄弟为他凑的。

苦根的做派使得他众叛亲离,兄弟们再也不因他会背诵屈原和庄子而对他肃肃然有些起敬了。茶聚上,他成了最没话份儿的人。不久,他搬离北门,去城郊投奔姐夫。

当然,北门兄弟中,也不是统统都混得这么惨不忍睹,其中也有三几个混得不错的。只是,鞋合不合脚,只有脚才知道。在表面现象之后,到底有着怎样的人生愁绪,却是不足为外人道的。这,我也想起两个朋友。

一个是漆兄。漆兄和老汪一样,都是为了爱情来到四川的。只不过,漆兄更远,他的老家在东北松花江边,一座被北大荒的黑土地包围的小城。来川后,他在我老家的一所学校教书。20世纪80年代,发表了一系列小说。按他的说法,当时,和方方、余华都在同一家刊物上发东西呢。他由是调进文联。当年我离开自贡时,他劝我留下,甚至用带东北腔的普通话嘲讽我:

为什么流浪远方？为了梦中的橄榄树？

那时，漆兄已升任文联副主席，而主席已近退休。江湖传说，他很快就要接任主席，同时还将兼宣传部副部长。总之，漆兄行情看涨。不料，有一天，他突然打来电话，他说，我到成都了。我以为，他到成都开会或出差。但他纠正说，来成都上班。细问，是到成都一家行业杂志，做副总编。

后来才得知，漆兄在仕途上遭遇沉重打击：市委副书记召开的某个会上，漆兄代表文联发言，副书记不知为何突然黑了脸，拍着桌子打断他：不要讲这些没用的废话。在其他官员那里，或许脸红一阵也就罢了。但漆兄是文人，文人是最要面子的。他自认没法再在官场混了。他得离开，他也要蓉漂。

那家行业杂志之后，漆兄又换过几家单位。一度，甚至帮一个老板经营过一家茶楼。最终，去了文联。文联有一座招待所改造的办公楼，房间不大，一人一间，每间都有卫生间和天然气。这样，他的同事们就看到，每天早晨，漆兄和夫人一同来到办公室。漆兄铺开稿纸写作，漆夫人到菜市场买菜。每天的一日三餐，都在办公室解决。直到晚上十点，两口子才踩着月光或灯光回家。据说，这样能节省不少水费、电费、气费，尤其是夏天和冬天。

漆兄参加过不多的几次北门茶聚,夫人如影随行,飘然而至。我清楚,他和夫人曾发生过离婚大战。背地里,他苦笑着对我说,我坚决要离,她坚决不肯。我一坚持,她就绝食。末了,他总结说,我也是反叛过的,只是,反叛被镇压了。从此,被看得更紧了。

如果沿用漆兄的"反叛说",那么,我的同学大林算是反叛成功了。很多时候,当我和兄弟们坐在桥下的茶馆里喝着已全无茶味的茶水高谈阔论时,冷不防,就会看到一个西装革履的高挑男子,挽着一个同样高挑的女子,像一对幸福的布娃娃那样从花台边经过。那就是我的同学大林。

大林是一家酒厂驻某省老总,老婆却是成都人,因而他把家安在了成都。当我只能按揭不到一百平方米的公寓时,他已在北门少见的高档社区,全款买了两百多平方米的跃层。有一次,他请我吃饭。我说,我这里有两个兄弟。他大声吼,你有二十个兄弟,也一并带来,我请客就是了。

虽然古人说两情若是久长时,又岂在朝朝暮暮。但很多时候,如果没有朝朝暮暮,就很难说还有久长之时。以大林而言,即如此。

大林这对恩爱夫妻也出了问题,这是朋友们没有想到的。

一个夏日的黄昏,我还在茶楼写字,大林来电话说他回来了,晚上一起吃饭。并特意叮嘱,有事,别带兄弟。一个钟头后,我们在餐馆碰头时,果然只有大林和我们共同的朋友老汤。

桌边很显眼地放了一只旅行箱,就是说,大林还没回家。酒过三巡,大林全无征兆地说,我是回来离婚的。我和老汤都以为他在开玩笑,但气氛和语气都不像。为什么?有人了嘛。大林的人,是他手下的销售员。初时,大林不过逢场作戏,然则入戏深了,也就动了心。

我和老汤都劝大林冷静些再想想。大林却有些愤然,你们天天在成都喝茶打牌,老子一个人在外面打拼,好不容易有个女人,你们却劝我算了。酒喝得有些尴尬,差不多就是不欢而散。我和老汤往北门大桥一端走去,大林往北门大桥另一端走去,而他两百多个平方米的家,原本是在我们走的那一端。

后来,大林离了婚。房子和女儿都给了女方。大林少有回成都,更不来北门。有时候,我们喝茶时,还会看到大林的前妻,顺着河边的绿化带慢慢散步。不久,我们看到另一个男人,同样的高挑,挽着大林的前妻,像从前一样,行走在府南河畔。那时候,春天到了,萧索了一冬的梧桐树正迫不及待地吐出满树新芽。

一转眼，我搬离北门已经十年了。我在北门一共居住了不到十年。当年聚在北门的兄弟，早已星散云消。恍如古人说的那样，来时瓦合，去时瓦解。在来和去的合与解之间，就是沉重得让人叹息的人生。

11年前（2008年）"5·12"汶川大地震时，府南河两岸搭满了花花绿绿的帐篷。我也在北门大桥下搭了一顶。晚上，想把兄弟们招来坐坐，最终到场的，已经只有李华和田二了。我们坐在一株白玉兰下，就着猪头肉喝酒。白玉兰花期未到，满树都是革质的叶子，风把它们吹得卷起来，不像树叶，倒像一只只小皮鞋在风中狂奔。

那时，我们检点曾经的兄弟，他们已然四分五散——

老白的生意做得声色渐起时，接连遭到几场巨大打击。首先是他的商会不合法，勒令解散。如果不是某领导说情，还可能定性为黑社会。接着是他承包的酒楼突发大火。酒店以此为由，提前终止合约。老白和几个朋友去澳门散心，免不了赌一把。一夜下来，欠下数千万债务。为了还债，不得不卖掉了几套房子和几个铺面。成都待不下去了，只好又回老家。如同一只受伤的野兽，要找一个安静的地方舔一舔伤口。这地方，就是老巢。老家待了几个月后，他去了攀枝花做生意，企图东山再起。

直到我写这篇短文时,依然没有老白的消息。他从前经营过餐饮的酒店还在,前不久又一次易主,又一次装修。已经没有人知道老白了。对这座酒店来说,老白的奋斗与破产,都属于它的无人关心的史前史。

老汪回川南后,仍在文化馆上班,间或写些小诗小文,发在当地的日报、晚报上。日子倒也过得悠闲。意外的是,有一年春天,消息传来,老汪查出肝癌,晚期。时日无多,老汪放弃了治疗,回到老家河南。这时大家才想起,几十年来,老汪极其嗜酒。朋友聚会,每饮辄醉自不用说,即便在家吃饭,也是每晚必喝几两。老汪一张脸红扑扑的,初时还调侃他水色好,其实很可能肝上出了问题。

老汪早换了在成都使用过的手机号,幸好原也属北门兄弟的阿陈,此时被公司派驻河南,其驻地与老汪所在城市毗邻。阿陈好不容易联系上了老汪——准确地说,是老汪的妻子。但是,老汪的妻子拒绝了朋友们探视的请求。她说,他想安静。谁也不见。不久,老汪去世。再过两年,老汪的儿子结婚。

苦根去了泸州。经姐夫的战友介绍,到一家医院当门卫。他继续怀揣着一夜暴富的梦想,持之以恒、十年如一日地买彩票。他坐在门卫室里,用一杆绑了胶布的圆珠笔在一叠处方笺上细心演算——他说,彩票是有规律的,他只是一时还没找出来,他还要继续找下去。每个月1500元的工资,500元吃饭,200元给老娘,再100元零花,余下700元,全买彩票。然而,多年来,哪怕千元级的奖,他也从未中过。

我已经有一些时日未曾去北门了。上一回,大约是三个月前吧。我如今居住的城南既是高新区,又是天府新区,众多企业,众多机会,众多充满欲望与奋斗的面孔,总有一种热血澎湃的拥堵。没想到,进了二环,尤其进了北门一带的二环,拥堵神奇地消失了。北门一带马路边的底商,从前一家接一家的旺铺,居然有不少关门闭户,悬着出租出售的字牌。我们无数次喝茶的茶馆,也已消失。

不过,还是有一些曾留下了深深印记的事物依然——依然在冬日灰白的阳光下散发出清冷的光。那样的光,属于昨天,属于记忆。

是的,金牛四医院还在。10多年前,隔上两三天,我就会摸进去挂一张一元的号,到全科诊室——医院太小,没分科,所有医生都是全科,从头到脚,从内到外,从成人到儿童,都由他们处理——请一个和蔼的老太太帮我量血压。一来二去,和老太太熟了。有时,她收了我的挂号单,笑着说,你是老熟人了,不用挂,直接量就是。

我犹记得,我是2005年五一期间查出高血压的。之前喝了两次大酒,一次是剧作家高旭帆嫁女,一次是与几个朋友在锦里不期而遇。五一节,原与李华约好,一同去阿坝。谁知临行前一晚,忽然头晕。初时尚不在意,凌晨如厕,竟天旋地转。到医院一查,已是中度高血压。一时间万念俱灰,天也快塌了下来——而今,早就对这种终身性疾病泰然处之。随着年龄增长,对疾病似乎也会变得越来越包容。反过来,或许可以说,人的成长和衰老,正是伴随着对疾病的包容和忍耐。

我还记得,计划中的出行之日,我和李华等人在北门桥头一家就叫桥头堡的餐馆吃饭。他们喝酒,吃肉,我只咽了半碗稀饭和半盘炒青菜。

是的,一相逢茶楼也还在。茶楼就在北门桥头,恰与桥头堡川菜馆隔河相望。从家到茶楼,走路七八分钟。也就是沿着梧桐树荫覆盖的老街,次第走过四医院、包子铺、米粉店、白铁皮屋和火锅酒楼。茶楼足有上千平方米的大堂和几十个包间,显示出生意兴隆。辞职回家做自由撰稿人那些年,几乎每天午后,我都背着笔记本前往茶楼,寻一张相对安静的靠窗的桌子,坐下来,要一杯十块钱的毛峰或花茶,而后码字。

如果有朋友来访，茶楼就是会客室。可以谈文学，也可以谈生意。当然，与旁边谈修高速公路或是拿地皮批文的真正生意人相比，我们谈的生意微不足道：千字到底两百还是三百？如果来的朋友够多，而大家都有兴趣，就可以合上笔记本，要一副扑克牌，斗几把地主。赢家负责晚餐。输家也就吃得正义凛然而又怡然自得。

大概是经常出没，且又是茶客里不多带笔记本的，不久，大堂经理不知怎么就和我认识了，知道我是一个天天码字的作家。下一次去的时候，小妹上了茶，又端来一个巨大的果盘。我诧异无比。这时，我看到丰腴的大堂经理在吧台后面静静地笑，露出一口白白的牙齿。小妹说，这是送你的。一杯茶只要十元，一个果盘却是三十。送了几次，我深感愧疚，终于鼓起勇气对小妹说，如果一定要送，就送小份吧。

是的，张家巷的夜宵一条街也还在。张家巷是一条与解放路垂直的小街。同样的木楼，但因巷子中段有一所小学（那也是女儿的母校），是故木楼中间还杂了一些水泥楼房。如同鹤立鸡群，或鸡立鹤群。同样的梧桐，同样在深秋里无声无息地抖下一片片枯黄的叶子，踩在上面，就发出吱吱的尖叫，像在喊痛。

张家巷通往菜市场。通往菜市场的街总是富于生活滋味，早晨或傍晚，会有无数中老年人——大抵以女性为主——拎着菜篮子或塑料袋，淡红的猪肉羊肉牛肉，嫩白的鸡肉鸭肉鱼肉，以及深绿的蔬菜，它们无一不在提醒你：家和食物绑在一起。

到了晚上，张家巷摇身一变，成为夜宵一条街。十几家夜宵店一家挨一家，灯火通明，恍如白昼。我和兄弟们无数次在深夜里出没于张家巷，在那些烧烤店、火锅店，或是羊肉汤店里，就着简单的食物和大量的白酒，消磨漫漫长夜。

记忆中最深刻的是为李华饯行。不到20岁就对体制感到厌倦的李华，被天府广场深夜也不睡眠的霓虹引诱来成都的李华，最终还是回到了体制的怀抱。那些年，他先后在几个单位打工——这些单位，包括报社、杂志社、房产公司和幼儿园。花样繁多的单位说明，在体制外谋生，需要更多的适应——越来越有一种漂泊不定的不安全感。此时，他开始怀念体制。体制虽然不自由，却能让他感到安全。恰好，体制也找上了他——有人推荐他回老家的一家医院。有编制。饯行酒喝罢，又移到桥下喝茶。茶罢，夜已深，自然移到张家巷喝夜酒。酒冷话长，当大家都喝得有几分迷糊，而李华已经第三次感伤哭泣时，突然间,我听到从梧桐树上传来一阵清脆的鸟啼。再看,天已蒙蒙亮了,一个身着橘色工装的清洁工,正挥着扫把,从街的那头慢慢扫过来……

我是最早搬到北门,也是最后一个搬离北门的。当兄弟们都星散后,有几次,我独自来到曾经喝茶的那家茶馆,坐在以前无数次坐过的府南河边。想想三几年前,身旁还坐满了人,而此刻,他们一个个都远我而去,就像宇宙中的红移——所有物体都在远离我们。老板仍是从前那位风韵犹存的中年妇女,只是,又是几年光阴,伊也渐渐显了老相,韵少了,风多了。她问我,你以前那些朋友呢?怎么一个也没来?是啊,他们怎么一个也没来?或许,我只能回答:为了生存,人们必须天各一方。

那之后的一个冬夜,寒风凛冽,我喝醉了,从市中心回到北门。在小区门前的解放路上,我扶着一棵熟悉的梧桐树一阵狂吐。吐过,心里涌出无边无际的孤独。我摸出手机,给通讯录里随意调出来的名字打电话,要他们过来,马上就过来,到北门来。我想,如果来的是男人,那就是一辈子的生死兄弟;如果来的是女人,那我就娶了她。

后来,我等来了一个年轻女子。再后来,她成了我如今的老婆。她不知道，在滚动着铅灰色乌云的城北，在已经没有城楼和城门的北门，曾经有过那么多故人和往事。

而我知道，往事必将消失。如同握不住的沙。记忆也终将模糊，在后人的追忆与忘怀中，往事甚至会变得似是而非乃至面目全非。唯有在亲历者心中，才会清晰。如初。

在红星路

1

红星路上的梧桐树消失好些年了。时间一长,印象不再清晰,好似水涸过的彩照,渐渐模糊,却未彻底沦为黑白。比梧桐树更早消失的,是一楼一底的木楼。踩上楼梯就吱吱呀呀唱歌的木楼在梧桐树的掩护下,向着街心延伸。街道愈发地窄,也愈发地阴,阴出一种浓烈的倦意——木楼之间,原是有一些老茶馆的,竹椅子,木方桌,碰了不少小缺口的粗茶碗。往竹椅子上一躺,才喝几口茶,听着梧桐树上的蝉声鸟语,看着褪色的夕阳把最后的柔光斜进屋子,就会涌上一股突如其来的倦意。于是,睡着了,甚至打起轻微的鼾。四周,依旧是茶客们的高声说笑,是一阵阵烟雾慢腾腾地盘旋,弥漫。直到距离两三米的街上,一阵紧似一阵的自行车铃声响成一片,才从梦中悠悠醒转,并恍然发现:又一个白天行将结束。

在四四方方的成都城,东北——西南走向的红星路斜劈而过,仿佛是对秩序和方正的故意破坏。它北起锦江,南止锦江——

北起的是锦江支流府河,南止的是锦江支流南河。府河和南河就在红星路东南不到一公里的地方交汇,从此有一个诗意的名字——锦江。民间却叫它府南河。好比美发师托尼回到家乡,人人都喊他王二狗。

长约三公里的红星路,以及与红星路交头接耳的小巷,曾是全成都梧桐树最茂密的区域。大半年里,梧桐树枝繁叶茂,挡住了春天的太阳,也挡住了夏天和秋天的太阳,一直要等到初冬,它的叶子才会一片片飘零。梧桐树后面,隐藏着一些看上去很不起眼的院子。檐墙上,耷拉着野草,历尽沧桑的样子像生锈的铁丝,空气中似乎散发出一股过去岁月的陈旧滋味。这些院子,早在我来成都之前,我就熟悉它们的门牌号——甚至至今还记得。比如红星路二段85号,比如红星路70号。因为,它们是四川最重要的文化单位——更准确地说,是被大多数写作者视为圣地的报刊所在地。如红星路二段85号,有《星星》诗刊,有《四川文学》,有《当代文坛》;如红星路70号,有《四川日报》及旗下众多子报;至于红星路周边,还分布着北新街的《青年作家》,桂王桥的《商务早报》,玉沙路的《精神文明报》。当我在自贡的工厂里做一个简单快乐的文学青年时,无数次在一只只信封上端端正正地写下"成都市红星路"字样,信封里，藏着认认真真誊写的诗歌和散文。这其中的一部分，将在或长或短的时间后，为我带回一份印有我的作品和名字的样报样刊，当然还有一张数额不大的汇款单。更多的，却石沉大海，音讯杳无。我想象过，那是坐在红星路某座小院窗前的一个编辑，鼻梁上架着厚眼镜，慢腾腾地拆开我的信，取出稿纸晃两眼，就随手扔进脚下的废纸篓——那时候有那么多文学青年，可能只需两根烟工夫，那个巨大的废纸篓就填满了五湖四海漂泊而来的稿件。那简直就是稿件们的屠宰场，把无数文学青年的文学梦一刀接一刀地碎割了。

2

1996年春天，我从自贡跑到成都，在距红星路几公里外的人民南路做了编辑。深感遗憾的是，我编的不是《星星》诗刊或《四川文学》这种所谓的纯文学，而是主要读者为中学生的《科幻世界》。暮春的一天下午，我骑着一辆破自行车穿过一条条大街，终于从笔直宽阔的人民南路来到拥挤阴郁的红星路。梧桐树已经发出了鲜嫩的叶子，绿叶缀在遒劲的枝条上，亭亭如伞盖，但还没浓密到夏天里遮天蔽日的地步。春天的阳光从树叶与树叶的缝隙间滴落，把人影拖得像一根纤细的电线杆。我在街边买了一份报纸,是刚出的《四川日报》,副刊上有我的一首短诗。我一边骑车前行,一边迫不及待地打开报纸——彼时的成都是一个自行车王国,上到八十老者,下到十岁少年,几乎人人会骑。技术好的,竟能一边骑车一边端碗面吃着飞奔。

从人民南路来到红星路,我花了足足三年——包括离开《科幻世界》后,不得不折回自贡舔伤口那两年。非常有意思的是,红星路上是叉手叉脚的大报大刊,红星路周边小巷里,则藏着蹑手蹑脚的小报小刊。这么说,是因为那是一个纸媒的黄金时代,除了本身有刊号有编制甚至有行政级别的大报大刊外,民间资本纷纷染指传媒。七八个人,三四间屋,租一个刊号,就能办起一张报纸、一份杂志。我最先来到的,是与红星路只隔几栋楼的庆云街。庆云街,也是我熟悉的地址之一,那里有老牌的《成都晚报》和新锐的《成都商报》。

事情的经过是这样的:离开《科幻世界》后,我垂头丧气地回了自贡那家生产发电锅炉的工厂。然而,时过境迁,当我归时,我已不能再做那个无足轻重却有大量空闲时间读书写作的小秘书了,而是要发配到下属分厂,做一名拿着锤子敲敲打打的装配工,天天与工友们出没在焊花飞溅、机器轰鸣的车间。更要命的是,锐减的收入已然不足糊口。我必须寻找前途,寻找一家人活下去的粮食。在停薪留职从事职业写作一年多后，有一天我到成都，和阿来等人在小酒馆喝酒。阿来和另一个朋友苦口婆心地劝我重返成都。阿来说，我敢打赌，你早晚还会来成都的。与其晚来，不如早来。

正是被这句话所打动，那年夏天，我又一次背着换洗衣服和几本书来到成都。人不可能第二次踏进同一条河流，却可能为了所谓的前途或者说填饱一家人的肚皮，第二次抛家别子，一头扎进别人的城市。如同那些赶海的渔民，为了期盼的渔获，一头扎进幽深危险的海水——很幸运，这一次，我没再回去，终于把这座别人的城市，活成了自己的家园。这是后话。

3

斯时，我有两个去处可选择——它们都是媒体，都在红星路附近，却都不在红星路上。这似乎也暗示了它们的身份，乃是不能与红星路上的大报大刊相提并论，却能在纸媒黄金时代分得一杯羹的小报小刊。一家是《银幕内外》，听这名字，就知道和电影有关。不过，专业期刊改版，成了生活杂志，电影只占不到百分之十的量。这是阿来介绍的。诗人孙建军在那里当主任之类的小官。我和孙建军在距红星路只有两百米的玉沙路某宾馆见面——编辑部租在宾馆,说明它颇有"临时政府"的意味。很扫兴的是,老孙说,目前文学版和文化版都有人在编,你刚来,就从电器版干起吧。那时,一个二十多岁、整天把埃利蒂斯和马尔克斯当成精神圣像的文学青年,你让他去编辑甚至撰写西门子冰箱使用的三十二个技巧,长虹电视如何更耐用,或是VCD与DVD背后的秘密,简直比给他几巴掌还难受。

这样,我就选择了另一个去处。那是一家更小的、更临时的小报,以西藏某报增刊的名义,办的一份通俗文化报。报纸老板龚静染也是诗人。在小酒馆喝酒并力劝我来成都的,除了阿来,就是他。

报纸设在粮食局院内,不明真相的人还以为粮食局是我们的主管单位。那是红星路背后一条不足两百米的小巷,梧桐树荫里,隐着三家小餐馆,两家小商店,四家按摩房。其中一家按摩房,租用的大概是粮食局或相关单位的门面,老的招牌没拆,几个淡红色大字罩在门楣上方——军粮供应所。门楣下面,常有两个衣着暴露的按摩女亭亭玉立,执着地向每一个独自走过的男人发出真诚邀请:哥,进来耍一盘嘛!

4

我曾经以为,我会成为一个媒体人,会从红星路周边的小报小刊,像农村包围城市那样,攻打进红星路上的大报大刊。然而,鸟儿在风中急速转向,我最终并没把媒体梦继续下去。与其做媒体,我觉得,我还是更适合坐在家里码字。

那时,成都有一家新办不久的《天府早报》,属《四川日报》子报。我的朋友中茂,原是《四川日报》副刊编辑——我就是给他投稿认识的,突然到《天府早报》做文艺部主任。新官上任三把火,中茂大概也这样。有一天中午,他把我约到红星路背后的一家小餐馆。两个菜,两瓶酒,两碗面,两个人,边吃边聊。多年以后,他的原话我忘记了,内容还记得。大意是说,报纸文化版,向来不温不火,他想做些策划,以期引发关注。酒快喝完时,我们达成共识:快要过年了,而我老家自贡,每年春节都要举办一次规模宏大的灯会。这年灯会,也是为了吸引眼球吧,就请一个很有名的老作家撰了上联,重金征集下联。文化为经济抹口红涂胭脂的事,早就司空见惯,本没什么可说的。可这位老作家却在媒体上放出大话:我这上联是绝对,是不可能对得出来的。——既然不可能对得出来,那还征什么下联,不是把大家当猴耍吗?早年,我和这个老作家颇有些往来,还主动或应邀为其写过几篇鼓吹文字。我和中茂商量的结果,就是批评老作家及其对联。

这里面有一个大背景。那就是20世纪90年代后期,国内报刊里,有两家以挑刺唱反调而著称,一家是西安的《文友》,一家是天津的《文学自由谈》。当绝大多数报刊的评论都是文人间的互相吹捧时,唯这两家刊物,每期都有大量文章在挑刺、在批评。而我,是这两家另类刊物的作者之一。批评者与被批评者在刊物上刀光剑影,下来却还是朋友。

批评老作家的长文很快出来了,占据整整一版,并有一个夸张的标题——枪挑×××。在我或者中茂心里,大抵也就把它看作文人间一篇正常的批评文章而已,既不上纲上线,也无人身攻击,就事论事而已。批评者固然心安理得,被批评者虽或不快,也不至于反应过激。更何况,我们还等着他反驳呢。不承想,老作家反应异常激烈,坚持不懈地给中茂,给报社总编,甚至宣传部以及自贡市领导打电话——那时,老作家不知道我已再次漂流到了成都。据说,老作家要求市领导制止我对他的批评。市领导苦笑说,我们不可能干涉人家创作自由啊。下一回,我和中茂在那家忘了名字的餐馆再次对酌时,轮到我们苦笑了。

5

　　大慈寺是一座古寺，地处市中心，距红星路只有三百米。那时候的大慈寺，还保留着民间本色——在这座唐代遗留下来的著名寺院里，有两进院落是茶园。园子里点缀着大量树木：白花或黄花的玉兰，垂下胡须般气根的小叶榕，还有夏天爬满支架的葡萄，以及淡黄小花如蜜蜂一样在风中颤动的金银花，小蜜蜂的翅膀每扇动一下，空气中的药香就增一分。坐在这样的院子里喝茶是极为惬意的，也是平民的。每碗茶，三块钱。饿了，四块钱就能吃一碗面。若还肯再加一块钱的话，热气腾腾的炸酱面上方，就会骄傲地趴着一只被菜油煎得通体酥黄的鸡蛋。

　　那时的大慈寺，大概是成都文化人去的最多的地方——据说20世纪90年代初，流沙河先生每周都要与一批三观相近的朋友在绿荫深处坐而论道。只是，余生也晚，未能躬逢其盛。但从参加过茶聚的一些前辈的文章里，尚能窥见一斑：文化人们围坐院子里，头顶是密集的树枝和葡萄藤，间或有一两声标点符号般的鸟语落在长谈里。茶香水热，正话闲话，随时可来，随时可去，真正散漫到底的自由主义。

等我走进大慈寺时,大慈寺依然门庭若市,有不少茶客便是红星路及周边各报刊的编辑、记者。有意思的是,供职于文化部门的肖平,在《商务早报》副刊兼职,他的家就在大慈寺,是靠右的一进院落的两间小屋。所以,我们进大慈寺,从不买票,只需对看门大爷说一声:找肖平。便昂头而进。所以的所以,很多不认识肖平的人进大慈寺时也说一声:找肖平。便昂头而进。后来,我从肖平的文章里得知,过年时,他专门买了礼物送给看门大爷,感谢他对那些"找肖平"的人网开一面。

哑巴们的聚会曾让我吃惊。每个星期总有几天下午,三二十个哑巴聚在大慈寺茶园的一间屋子里,喝茶"聊天"。整个屋子坐满了人,年轻的,年老的,丑陋的,漂亮的,全都在热烈交谈,却没一点声音,只见一只只手上下挥舞。那种怪异的场面让我深感语言是一种多余,瞧他们,不是在用最原始的方法交流吗?我疑心他们会聊出好些有深度的话题,可惜,我无法走进他们。对他们而言,我这个会说话的人显然是非正常的,是一个留着长发的另类。

我对这个细节印象深刻,因为我就坐在离他们只有五六米远的地方,摊开稿纸码字。那时,粮食局院内的小报早就无疾而终,就像"军粮供应站"红字下站立的女子一样早就不知去向。

我去了一家娱乐杂志，同时还在另一家时政杂志兼职。非常巧合的是，那些年，我先后待过的几家报刊，它们全都在红星路周边，却永远不在红星路。这似乎也暗示了我的命运：农村包围城市的道路行不得也哥哥。

严格讲，我与大报大刊有着不错的关系——除了和中茂一起策划批评老作家外，我记得，有一次《天府早报》搞什么座谈，座谈完，酒足饭饱，客人们纷纷散去。我却被一个副总编好说歹说拉到报社，泡茶递烟，要我马上给座谈会写一篇短评。编辑就守在门口，一会儿上版。我一下子感觉自己就像传说中那些牛气冲天的香港报人，下笔千言，倚马可待，两小时后就把手稿变成飞向千家万户的印刷品。

再有，极盛时，成都有七家面向市场的大型日报，每家都有一个以上的副刊。每天，我总要花三块钱买上厚厚七大摞报纸。有时，同一天的报纸，竟会刊发我五六篇文章——凭着源源不断的散碎银两，第二次到成都一年后，我终于按揭了人生第一套房子。当我在那套不足一百平方米的房子里走来走去时，忍不住有三分得意地想：这都他妈一个字一个字码回来的呀！

6

同时在两家杂志上班,其中一家还是半月刊,时间自然紧,要写的工作稿自然多。往往,上午在办公室点了卯,便匆匆赶到大慈寺,要一杯成都人酷爱的花茶,缩在浓荫里码字。偶尔,从稿纸上抬起头,我看到哑巴们正在热烈"交谈"——背景是几十米外的川剧票友表演。一个七十岁老太太扮演的青衣,还没走上舞台,长蛇般的水袖先甩出数尺,尖着嗓子高声唱道:苦——啊——苦——啊——

天色将晚,树下愈发阴暗,夕阳把重楼飞檐的影子,重重拍在青石板地面上,微风一吹,像是挣扎着要爬起来。这时,茶客们走得差不多了,守茶馆的师傅把椅子和桌子一张接一张地收拾到宽大的屋檐下。我也收了纸笔,抽一根烟,走出大慈寺,骑上自行车回家。

一个蛾子飞动的黄昏,在红星路附近一条到处是餐馆的巷子里,另一辆自行车差点与我迎头相撞。正待发怒,发现是一个年轻姑娘。再一看,居然是一年前在某文化公司认识的小 C。小 C 也意外。都下了车,站在梧桐树下说话,两辆自行车亲昵地偎在一起,像是异地他乡突然认出了多年不曾走动的老亲戚。

一个星期后，经我推荐，小C成了我在杂志社的同事，做记者，也编两个小栏目。那段时间，我们总是骑着自行车，一同采访，写稿，或是在小餐馆吃饭。那时候，我——大约也包括小C——都以为将会发生一些人家以为会发生的故事。但最终，什么故事也没发生——故事若发生了，很可能就是事故。

一年后，由于投资不到位，杂志在烧了一大笔钱后无疾而终。那个纸媒的黄金时代，不断有资金进入，一家新报刊便雄心勃勃地出世——少数是新创，多数是改刊或以其他擦边球的方式；同时，又不断有资金链断裂或经营不善的报刊关张。关张后，要不了多久，再有新资金注入，于是易主复活。这些报刊，既为文学青年提供了发表作品的阵地，还为不少人提供了饭碗。他们游走于此起彼伏的报刊之间，用一颗颗文字喂养自己，也喂养一个个小小的却又必不可少的梦想。

杂志关张后，小C去了一家文化公司。有一天晚上，我接到一个陌生电话，电话里的中年人说，她是小C的妈。我惊讶得从沙发上跳了起来，不知道她为何给我打电话。小C妈却淡淡地和我聊了一会儿家常。最后，她感叹说，你们那个杂志怎么不办了，继续办多好啊，小C就可以继续当记者呢。

几年后的一个深秋，我和小C又一次在红星路附近不期而遇。她发福了,却还是少女时代的眉眼和微笑,手里牵着一个小男孩,旁边跟着一个留大背头的胖子——理所当然,她结婚了,生子了。胖子就是她曾经上班的文化公司的老板。转过街角,天上下起了细细的秋雨,湿润的梧桐叶掉下来,风一卷,滚向街角。我想起了年轻时读过的北岛的诗:世界小得像一条街的布景／我们相遇了／你点点头／省略了所有的往事／省略了问候……

7

就在我回家全职写作并享受这种生活时,没想到有一天,我还会像年轻时渴望过的那样,到红星路的大院上班,到纯文学刊物上班。

是老夏牵的线。老夏与我多年朋友,尽管他要长我十多岁。那时,年过半百的老夏烈士暮年,春心不已,打扮得很青春。我们走在一起,看上去似乎相差无多。老夏性格直率,爱憎分明。喜欢的,便是兄弟,错了也是兄弟;不喜欢的,便是SB,对了也是SB。有一年,他负责为省教科所组织创作一部乡土教材,以往的教材都有一个庞大的编写组,并有一套呆板的话语系统。他想独出机杼,由一个人来写,用随笔体写。寻找作者时,用他后来的话说,"老子一下子就想到了你,只有你能写"。

教材写出来交出版社后,出版社找了一个老先生,意思是让他看看有无史料上的硬伤,结果脑袋里有点贵恙的老先生却写了几页纸的审稿意见,硬伤没找出两个,倒是义正词严地提出:教科书为什么只写到(一九)四九年?为什么不写新中国成立以来的伟大成就?老夏听说后,极为生气。他跑到出版社,从责编骂起,一直骂到总编,骂得整个楼层的门只好一扇接一扇地合上,余下他一个人在楼道里,继续骂。

因为这个,我敬了他三杯。至于那位老先生,他不知道的是,我这部乡土教材只写到一九四九年,那是有分工的。一九四九年以后,该由另一本书来写。可惜,审稿的老先生和撰上联的老作家一样,让人想起克拉克的著名论断:当一位杰出的老科学家说什么是可能的时候,他差不多总是对的;但当他说什么是不可能的时候,他差不多总是错的。这是题外话。

老夏的夫人高姐,也是我的朋友,其时,在《四川文学》任副主编,主编则是藏族作家意西泽仁。

汶川大地震两个月前那个乍暖还寒的初春,经老夏牵线,在与意西和高姐谈过两次话后,我走进了红星路二段85号院,做《四川文学》编辑。当然,以我其时的年龄和资历,肯定不愿像从前那样打工——他们也明确告诉我,不是打工,是要调进去的,有正式编制。尽管在体制外漂泊多年,但既然体制在向我招手,我也是一个俗人,我也愿意被"招安"。更何况,老夏说,这样你就有一个自己的根据地了。

然而,我这大半辈子总是与调动无缘,与体制无缘。我犹记得,从《科幻世界》回到自贡时,钟大哥曾想把我从工厂调到市文联,去编那本叫《蜀南文学》的内刊。然而,他这个文联主席没有人事权,必须向上级汇报,而上级领导却告诉他,不能逆向流动,企业不能进事业,事业不能进行政。钟大哥不甘心,专门给分管市领导写了专题报告。结果,就像我早年从自贡寄到红星路上的许多稿件一样,石沉大海,音讯杳无。不过,有趣的是,就在上级领导义正词严地拒绝钟大哥一个多月后,钟大哥说,上级领导的一个远房亲戚,从工厂调到了一个比文联好得多的文化单位。大概就是从那时起,我暗自下了决心,必须离开自贡。

8

红星路85号院门前,吊着一大堆黑底白字或白底黑字的长匾,过往的行人漫不经心一瞥,可能都会惊讶:这小门小院的地方，居然藏着这么多很少听说过的单位——是的，与那些关系国计民生或与老百姓生活息息相关的单位，比如公安局、民政局、卫生局相比，这什么协会，什么联合会，看上去如此与众不同，如此鲜为人知，似乎还透露出一种远离普罗大众而带来的莫名高大上。比如音乐家协会和舞蹈家协会，给人的感觉就是一众俊男靓女，吹拉弹唱，弦歌不辍；再比如作家协会，给人的感觉就是学富五车的诗人、作家，走路都要讲究平仄，放屁都力求押韵。可事实上，这种感觉几乎全错。不论听起来或看上去多么文艺多么高雅的单位，其实都是一帮吃喝拉撒喜怒哀乐与常人并无二致的俗人。比方读书，我曾公开讲过，就作协机关百余人而言，真正还在读书的，恐怕不超过十个。

我这话是对老Y讲的。几年里，我与老Y对面而坐。按惯例，这样的文化单位从不考勤，只要每周去那么三两个上午就行。因此，我和老Y大约每周能碰上一两次。

老Y是光头，我也是光头；老Y人称土匪，我也人称土匪；此前中茂的《天府早报》做过一次四川作家盘点，有五虎上将、四大美女、三剑客，而我和老Y被组合在一起，称为双鬼拍门。因了这些缘故，在那间逼仄的办公室里，我们谈诗说文，臧否人物，倒也十分快活。临近中午，他捏了书回家；我背着包去附近一家咖啡馆，在那里吃完午饭，而后写作。——包括那个地动山摇的大地震的下午。

比较意外的是，原本以为板上钉钉的调动，后来竟流产了。在为我办理相关手续时，出台了新规定：事业单位逢进必考。就是说，得由用人单位向人事厅提出增加人员请求，再由人事厅组织一场面向全社会的招考。实话说，单位领导对此也无能为力，只能照着政策办。当然，拟定的报考条件，都是比着我来的。比如，我只有大专学历，那就不能要求报名者必须本科。比如，我已年过四十，那就不能要求报名者四十岁以下。等等。

在我内心，对这场考试充满抵触。做一个编辑，我想我还算称职——举两个例子吧，其一，我到刊物后，与我有联系的一大批作家、诗人，前后都发来新作以示支持；其二，我从刊物堆积如山的自然来稿中，先后发现了多位有潜力的作者。编发的稿件，也被《中篇小说选刊》《读者》《散文选刊》转载。然而，体制却不会去确认一个人于这个职位是否称职，因为称职与否既是客观的，更是主观的。体制在选择一个职位的合适人选时，只能用简单粗暴的考试——当然，这种方式也是迫不得已，也是为了另一种可能的公正。

理智地认清形势是一回事，自我的内心感受是另一回事。所以，非常荒唐的是，尽管单位紧锣密鼓地向人事厅做了申请，人事厅也下达了指标并安排了考试，我却忘了报名。也就是说，这个原本为我预设的位置，我竟成了彻彻底底的局外人人。领导很着急，他向人事厅请求，能否这次不算，我们重新来过？当然，人事厅不可能同意。

老婆问我，你是不是故意忘了报名，以示不满？我回答说，真不是故意的。不过，主观上对这场考试和这种进入体制的方式不以为然，因而就没放在心上，因而才把这么重要的事情给忘记了。我还记得，考试前一天上午，作协人事处的同事听说我忘了报名，急得拉上我往人事厅跑，请求人事厅能否现在补报？人事厅的回答是：不可能。

既然考试没报名，而进入体制又必须通过考试，哪怕考试就是走个过场，可过场都没走，自然无法进入。所以，之后在《四川文学》的两年多，我从开始的一周去三四次到后来一周去两次，进而减少到一次。由于去办公室不同步，我与老Y同室办公，有时竟一两个月才得一见。有一天下午，一个女子在作协门前痛哭。我不认识她。认识的人说，是老Y夫人。老Y出事了。

9

我是在又一个乍暖还寒的春天离开85号大院的。其时,意西先生两年前退休,由高姐以副主编身份主持工作。有一天,高姐告诉我,她正在办退休手续。我很惊讶。虽然知道她快到点了,但按作协惯例,几乎每家刊物的主编、副主编,到了点都还要继续干一段时间。为什么她明年才到点,今年就要匆匆退休呢?我依稀听说这中间有一些不能明说的因由。人事人事,无非人与事。我告诉高姐,你退休,我就辞职。我只能以辞职来作为对你的支持。

就这样,高姐年前退休,我年后辞职,结束了在85号院6年的工作,也彻底断了进入体制或是再做报刊的念想。我想,比较起来,不论是在红星路的有行政级别的大报大刊,还是在越来越捉襟见肘的小报小刊,都不如回家码字。码字需要面对的是洁白的屏幕和内心,而大报大刊和小报小刊要面对的,却是纷扰的人,纷扰的事。

人生至此,该做减法了。年过四十五,我理应退回书斋,理应忠实于自己的心灵。陶渊明不是说过"悟已往之不谏,知来者之可追"吗?

我很少再去红星路，甚至就连路过，一年大概也没几回。昔年的梧桐树和老院子早就不见了，就连一些几年前的灰白楼房也消失了。原本高大的立交桥，在新长出的高楼的衬托下，一下子变得矮了，如同一条卑微的蚯蚓，可怜巴巴地伏在街面。作协的办公楼似乎重新装修过，粉刷过；但这种老旧房子，再怎么装修和粉刷，也只是表面的一时光鲜。深入内里，你会发现它的门已经腐烂，角落里散发出古旧而潮湿的霉味。

老夏已多时不见，想起他酒后骂座的样子，不由莞尔。与中茂如今倒是成了邻居，两个小区隔着一条马路遥遥相对。只是，见面却极少。高姐偶尔一见，知道她过着优雅的退休生活，其实远胜做一个副处级的副主编——那时，每天下午，七楼的人走光了，只有她一个人还半掩房门，在里面认认真真地看稿。老Y更是几年未见，甚至连微信也没有，只是偶有他的消息从共同的朋友那里传来，说是他如今信了主，以一种令人意想不到的方式转了向。但在我的记忆中，他还是那个桀骜不驯的小个子，酒至半酣，端着杯子，纵声朗笑——我还记得，有一年我生日，湛哥在小范围为我庆祝，由他请了老Y等人喝大酒。老Y喝高了，我和湛哥把他送回大慈寺对面的作协宿舍，他在车里一阵狂吐，给我留下一个强烈的错觉：吐得太多，车里的秽物竟然轻轻荡漾。

信主自然没什么不好。只是，不知道他还能喝酒不？何时一杯酒，重与细论文。想想也是快活的。

10

关于红星路，还有不少值得一说的，那就再说两桩吧。

作协大门左侧，曾有一家书店。书店很小，不超过十五平方米，而书总是太多，不得不严严实实地塞在书架上。店员只有一个，一个很普通的妇女，姓冯。多次来往，认识了，叫她小冯。和一般店员只管卖书不同，小冯不仅卖书，也读书。很多时候，刚一进门，她就会说，聂老师，某某刊上有你的文章呢。甚至，她还非常认真地向我建议：你发表在《中国国家地理》上的那些文章，可以结集出版——后来，我真的出版了两本，也就是《一路钟情》和《一路漫行》。她也会在她的职权范围内，为我和其他从作协、文联出来的"老师"打折，虽然大多时候也就几块十来块的差异，却总叫人感受到古风犹存的温暖。

然而，有一天，书店没开门，此后一连几天都如此。这才听人说，书店关张了。后来在作协门口碰到过小冯，据她说，经营不好，房租要三千多，有两三个月都在亏本。老板急了，就决定关门。从那以后，再也没见到过小冯，也不知道她是否还在这座城市，抑或去了他乡？生命与生命的相逢，就如同浮萍，却因几句话、一件小事而记住一些人，也因时光的迁延而过滤掉大多数人与事。后来，书店改成了老北京布鞋店，老北京布鞋店又改成了桃酥店。天下没有不散的筵席，尤其是在这个变数重重的时代。

还值得一说的是，与作协为邻的，有一家幼儿园。我的办公室在七楼，走廊尽头倒数第二间——第一间是卫生间。卫生间外，有一个小小的阳台，站在阳台上，正好俯瞰幼儿园。我常常在上了卫生间后走到阳台上，点燃一支烟，趴在栏杆上，看着脚下的幼儿园。有时候，一群孩子在老师的带领下，在操场上做游戏，有时候在跳舞。更多时候，我听到老师一边弹琴一边教小朋友唱歌。那个春天，我天天都听到一个漂亮而年轻的声音在唱：小燕子，穿花衣，年年春天来这里。我问燕子你为啥来？燕子说，这里的春天最美丽。然后，我听到奶声奶气的孩子们也在唱：小燕子，穿花衣，年年春天来这里。我问燕子你为啥来？燕子说，这里的春天最美丽。

后来，当我抽完烟走进办公室，在一堆刊物和一堆稿件垒起的两座纸山之间坐下来时，我突然也下意识地轻轻唱了起来：

小燕子,穿花衣,

年年春天来这里。

我问燕子你为啥来?

燕子说,这里的春天最美丽。

....

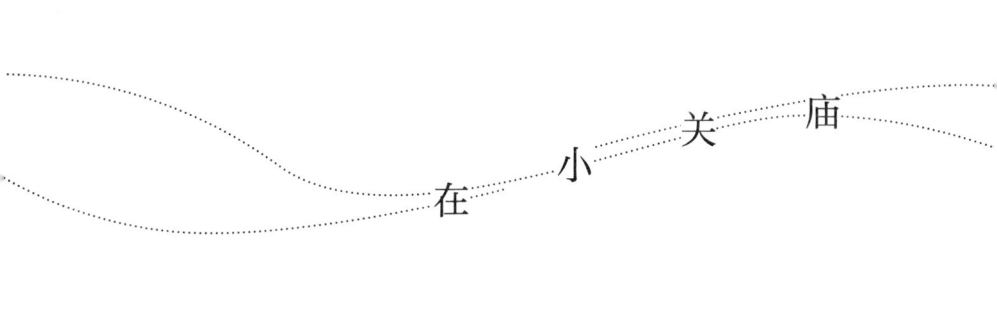

在小关庙

1

历史深厚的城市往往有一种常见的小尴尬，那就是旧时的地名与今天的景观之间完全驴唇不对马嘴。以成都为例，梨花街没有梨花。枣子巷不见枣子。骡马市不卖骡子和马匹。东打铜街既不打铜也不打铁。肥猪市街只见人不见猪……同理，小关庙街没有庙。

二十多年前，当我第一次走进小关庙街时，总是下意识地寻找那座其实早已不复存在的庙。但我看到的却是一条老成都时代的老街：两三丈宽的街道，两边是两层的吊脚楼。木制的吊脚楼。楼下开店，楼上居人。大多有一个细长的向街心突出的走廊。屋顶，铺着青色的瓦。间或有一两棵粗大的梧桐，长得比两层的吊脚楼更高，掩映着走廊深处的木窗。木窗后，有时会闪现出一张年轻女子青春的脸，恰好与吊脚楼以及老街形成色彩鲜明的反差。

既然有小关庙街，顾名思义，应该还有老关庙街。但是，真没有——后来我才知道,老关庙街已经改名。方志上说,小关庙街和老关庙街,各有一座关帝庙——纪念被民间传说神话了的关羽。大约20世纪三四十年代,两座关帝庙都拆了。小关庙还留下一个地名,老关庙则连地名都丢失了。如今,它叫玉泉街。

小关庙街是我最早熟悉的几条成都老街之一。

我说过,1996年到1997年,我借调到《科幻世界》杂志社,在成都生活了一年。杂志社位于人民南路,至于我的租住地,远在二环外的沙河堡。地处城北地带的小关庙街,这一条镶嵌在红星路与太升路两条南北向干道之间、呈西北至东南走向的老街,我不仅没去过,甚至,也没听说过。成都有太多街道,一个行色匆匆的漂泊者,除了和自己的工作、生活有关的那几条街道,其他的,很难走进。一如这座城市有上千万居民,真正与我有关的,能够影响我的,也就那么几个、十几个而已。

第一次走进小关庙街,已经是结束《科幻世界》借调后回自贡的次年。

和小关庙街交叉的若干小巷中,有一条叫石马巷——石马巷,既没有石头,也没有马,或是石马。石马巷近小关庙一端,有一座面积颇大的院子,十来栋五六层的灰色水泥楼房,低调地掩在众多两层的吊脚楼里。大院门前,挂着一块白底黑字的吊牌,原来是一家干休所。

在被门卫近乎啰唆的询问后,我终于走进了大院。穿过几株芍药开得奄奄一息的花台——花台边,围着几个老人,两个老人在下棋,更多老人在支招,下棋的人不言不语,支招的人吵得热火朝天。再穿过两栋楼之间的空地——一个坐在轮椅上的老人,仰着头,目不转睛地盯着天空。待我走近,他突然毫无征兆地逼问:看,那是不是美国鬼子的飞机?我忙抬头张望。自然没有飞机,更没有美国鬼子的飞机。我只看到两只麻雀,叽叽喳喳地飞过来,又叽叽喳喳地飞过去。

我进了某一栋灰白楼房的某一单元。那栋楼不住人,是办公区。可能是干休所办公的人太少,抑或办公室太多,总之有相当一部分房间租了出来。二楼那几间,租客是几个书商。那是民营图书风头正健的年代。二渠道的书商们,凭着敏锐的市场嗅觉和动手能力,找到选题,组织好稿子后,与出版社合作,自己设计,自己印刷,自己发行,在那个灰色地带游走得风生水起,许多书商赚得盆满钵满。我的第一本书,就是给这样的书商写的。书商赚了一台桑塔纳,我赚了几个月的生活费和一台VCD，并用它观看了那一年最火的电影——《泰坦尼克号》。

是的，那是1998年，我快三十岁了。那一年，在我们这颗小小的行星上，有许多大事发生：美国对伊拉克实施军事打击。霍金对宇宙起源和归宿提出新见解。月球表面的陨坑深处发现水。世界上第一条用于互联网传输的海底电缆开通。"伟哥"投放市场。全球股市震荡。首例八胞胎降生……不过，这些大事与我无关。我暂住在我的老家自贡。教育学院后面山坡上的一栋民居的某一套房子，我从舒姓房东那里低价租下来，读书，写作，耐心地过着清贫的日子。

走进小关庙旁的石马巷，走进干休所，就和写作有关。

2

距我初次走进干休所十九年后，一个凉风习习的夏夜，晚饭后，我沿着河滨绿道散步。那是在米易。攀西大裂谷深处的一座小城，就像从城中间流过的安宁河的名字一样，这座小城十分安宁。

手机响了，是老夏打来的。老夏的声音很低沉，他说：吴鸿出事了。老夏、吴鸿和我都是多年朋友，平常经常开些玩笑。所以，我以为老夏在开玩笑，便笑着说：怎么了，嫖娼还是赌钱被抓了？

老夏异常严肃：去世了。

你说什么？我怀疑自己听错了。

他去世了。老夏又说。

这怎么可能？昨天还看他发朋友圈，他不是在克罗地亚吗？

是啊，在克罗地亚去世了。

接下来半个小时，我又先后接到好几个电话，有向我通报吴鸿去世噩耗的，也有道听途说后向我证实的。

我继续行走在风景秀丽的安宁河畔，夜色沿着河谷漫上来，远远近近的霓虹在夜风中闪烁，跳广场舞的妇女们把音响开得极响，以至盖过了河水哗哗过滩的声音。

后来，我坐在河边的一块石头上。

我一下子想起了石马巷的干休所，以及距离干休所只有一百米的小关庙街。

第二次蓉漂之前两年多时间里，我大概是三百万人口的自贡市唯一一个以稿费为生的人。那时，我刚开始给书商写书，主要收入仍是报刊上的文学稿。诗歌、散文、小说、评论，均有。那时，我保持着每个月在各种报刊至少发二十篇稿的纪录。

那年春节,我的老师张新泉先生回老家探亲。一天晚上,他住在自贡师专招待所,打了传呼,让我前往一见。

到了招待所,除新泉先生夫妇外,还有他的两个女儿和女婿。新泉先生的长女婿,便是吴鸿。我和他曾有过一面之缘——两年前,省作协的一次活动上,我们同桌吃饭。不过,当我和冉云飞等人大碗喝酒大口吃肉时,他却不声不响,既不喝酒也不吃肉,以至我认定他是一个无趣的或傲慢的人。并没留下什么好印象。

招待所见面,吴鸿却很热情。只见他从包里取出两张报纸。一张《成都商报》,一张《精神文明报》。两张报纸上,都有我的读书随笔。其中一篇,谈美国作家房龙。20世纪80年代,房龙的《宽容》风靡一时;及至90年代,大量房龙著作被译介到国内,掀起一股强烈的房龙热。

吴鸿说,你喜欢房龙,我们可以合作一本书,以房龙为主题。——正是那次简短的谈话,我们敲定了后来的《房龙图话》。我和吴鸿,也从那时起,开始成为走得很近的朋友。

干休所二楼,吴鸿是一个异类。其他入住者都是民营书商,而他的身份,却是四川文艺出版社编辑,是正式在编员工。他在干休所租那间办公室,为的是方便与书商合作——这也就解释了20世纪八九十年代,为什么民营书商火爆而出版社却大多半死不活。因为,真正洞悉市场且有执行能力的人,如果不在重要岗位上,那么,他们更大的可能,是去找更灵活且更有效益的民营书商合作。

我的《房龙图话》却是本版书。书出来,反响不错。央视有一档收视率很高的节目——《读书时间》,编导打电话来,希望我到北京做一期节目。那时,我连四川省都没出过,北京既崇高又遥远,像彩云飘飘的天堂。挂了电话,竟有几分惶恐,便骑着那辆除了铃铛不响全身都响的自行车,穿街过巷,走进小关庙,走进石马巷,走进干休所,上楼拐弯,找吴鸿拿主意。

吴鸿很兴奋,支持我去。

中午,像往常一样,要好的几位书商加上吴鸿和我,一齐朝小关庙走去。

以小关庙街为对称,在石马巷的另一端,还有一条更加破败的小街,叫小关庙后街。说是街,其实比巷还狭窄。一面是某个大院的围墙,一面是两层的吊脚木楼,间或有一两家店铺。——前不久,途经小关庙后街时,我发现所有的吊脚楼都已消失了,昔年的小街变成一条车来车往的通道。

但那时的小关庙后街,老旧得似乎要散发出霉味的木楼里,却藏着一家我们经常光顾的餐馆。餐馆叫黄牛肉，所有菜品，也都以牛肉为原料：炖牛肉、烧牛肉、蒸牛肉、卤牛肉、炒牛肉。只有寒冷的冬天到来时，老板才会额外提供几个宜于冬季养膘的菜，诸如咸烧白和甜烧白。

店堂幽深，却只六七张桌子。桌面同样幽深，幽深到可能需要考古，才能获悉它的本来面目。菜却家常而美味，更重要的是，便宜。我们常常坐在最里进那张八仙桌边，要上五六个菜、两三瓶酒，慢慢坐喝。

3

吴鸿英年早逝，我以为，和他喝酒，尤其喝大酒多少有些关系。

第二次漂到成都，我三十岁。吴鸿长我五岁。那以后的十几年间，我们在一起喝过无数次酒——多半是现在想来还后怕的大酒。小关庙街以外，更多的其实是在其他地方。在成都，在遂宁，在南充，都有过。

记忆中最厉害的两场大酒，其中一场在小关庙。至于是否是黄牛肉，记不清了，总之是和黄牛肉一样破败而家常的苍蝇馆子——有意思的是，许多年后，吴鸿出版了一本随笔，就叫《舌尖上的四川苍蝇馆子》。所谓苍蝇馆子，四川话中指那些店铺寒酸，卫生条件亦不好，却以味道和价格取胜的平民餐馆。在胃口大、酒量高而钱包羞涩的青年时代，苍蝇馆子的家常菜——红烧牛肉或蒜苗回锅，京酱肉丝或卤鸭子，油酥花生或蹄花汤，它们和高度白酒一起，承载了我们无数的豪情与梦想。在杯盘交错之间，常常会催生一首诗，一篇文章，一本书……

那次，吴鸿，我，以及诗人龚静染，具体喝了多少记不清了。只记得走出店门不久，龚静染发现他的眼镜丢了。这个高度近视的人，可怜巴巴地靠着路旁的一棵树，对我和吴鸿说，我的酒丢了，我的酒丢了，不戴酒，我看不清路——他已经醉到把眼镜喊作酒了。我和吴鸿稍好，至少，我还能走路。吴鸿更厉害，他把我们送上出租车后，径直开车去接老婆——幸好，那时还没有禁止酒驾，否则，以他血液里的酒精浓度，足以被拘留加吊销驾照。

我说过，我是三十岁那年再次蓉漂的。到成都两三个月后，就是三十岁生日了。

那天的晚餐，也是在小关庙。不过，不知什么原因——或许是出差了吧，总之，吴鸿没参加。在黄牛肉的斜对过，有一家庄鸭子酒楼。既然敢叫酒楼,那一定比苍蝇馆子稍微体面些。至少有包间,至少有年轻的服务员,不像黄牛肉那样,只有老板两夫妇和一个呆头呆脑的中年侍者。

查日记,参加那天晚餐的有阿来、王荣、印子君和龚学敏。那时,龚学敏还没调来成都,还在遥远的阿坝。因出差,得以相见。

酒喝了三次。一次是正餐,一次是酒吧——古旧而市井的小关庙街,自然是没有酒吧这种新生事物的。我们去的是距小关庙不远的望平街。酒吧出来,只余下我和龚学敏两个人还是清醒的。夜已经不知不觉深到了凌晨三点,我们找了一家还在营业的小餐馆,继续喝酒。后来,我走出小店,扶住女贞树大口大口地呕吐。学敏走过来,拍着我的背说:兄弟,散了吧,天下没有不散的筵席。

很多年过去了,我一直还记得学敏说话的口吻,显示出与他的年龄不相称的沧桑。像一个老人。

天下的确没有不散的筵席,再欢乐的筵席,最终也必须结束,必须散场。

我和吴鸿的交往有二十多年,在一起喝酒有二十年,而喝酒频率最高的时期,无疑就是小关庙年代——当我再次回忆起小关庙时，脑海里总是浮现出一片昏黄的天空，梧桐与女贞遮挡的昏黄天空，几盏晦暗不明的路灯，照着一些板壁结构的小店，一些年轻或不再年轻的男人，高声谈笑着，从远处走过来，钻进其中某家小店，对老板说：回锅肉、烧牛肉、花生米、蹄花汤，再来两斤高粱酒。

与吴鸿酒事渐稀，来往渐少，是他出任社长以后。得知吴鸿出任社长，蒋雪峰在电话里说：你现在要出诗集就容易了，吴鸿肯定给你出。我说，你想多了。因为我清楚我和吴鸿各自的性格。事实上，他做社长那些年，我不仅没在文艺社出过诗集或其他书，甚至，就连来往也变得稀少。他很忙。身为一社之长，他要经营，要约稿，要审稿，要管理。并且，还有一大帮人围在他身旁。这时候，再请他到小关庙街的黄牛肉或庄鸭子吃饭，都显得那么不合时宜。

幸好我们还有一个共同的朋友：浩哥。浩哥古道热肠，经常召集大家聚会。相见亦无事，不来常忆君。在浩哥发起的聚会上，我与吴鸿的酒事在继续。比较好玩儿的是，有一场酒局上，遇到一个颇为自负的老文人。我和吴鸿互相递个眼色，不怀好意地向老文人劝酒。老文人在饭局中途便呕吐起来。以后，听说我和吴鸿在，他竟坚决不来。

有一年夏天,还在南充任职的浩哥约我和吴鸿前往一饮。那天晚上,嘉陵江边的一家酒楼里,三人把盏,酒至半酣,吴鸿说起他做社长的种种难处与努力,我和浩哥不由相对唏嘘。晚上,回到酒店,与吴鸿灯下夜话,又说起从前种种,都有些激动,决定再喝一杯。然而,酒店地处新城区,加之已是凌晨两点,我们竟找不到一个可以再饮的地方,只得悻悻回屋睡觉。次日,从南充回蓉,尽管两人都因宿酒和熬夜而有些疲倦,但当我提议到我家附近再喝一杯时,他答应了。

天色早,还不到饭点。在我家对面那家卖石锅鱼的餐馆,我们要了一锅鱼,三五个下酒菜,然后就是一瓶青花郎。菜没吃多少,酒却很快喝完了。我提议再喝一瓶,吴鸿拒绝了。他说,他还要回社里,办公室还有几份稿子,等着要签字。过两周,我们喝一次大酒吧。

然而,过两周我们并没约。

一直到那个夏夜,我在安宁河畔接到老夏的电话,才得知他在遥远的克罗地亚突然去世。

吴鸿多年前就患有糖尿病。有一年,他腿上出现伤口,老是不愈合,这其实是糖尿病严重的一种反应。可惜,他没放在心上。更为严重的是,一方面,他不忌口,若干不适合糖尿病人的大鱼大肉,他照吃不误。按他的说法,我想吃,是我的身体需要。另一方面,感觉稍好,他就把降糖药停了。他之所以在克罗地亚突发疾病,一个可以想象的原因是,他与一帮年轻人在一起,天天喝酒,天天欢乐,却从不吃药。他忘记了自己是一个严重的糖尿病患者。

吴鸿去世后,我在公众号上写了一篇文章。新泉先生读后,很感慨地说,我原以为你们经常聚在一起喝酒,看了文章,才晓得你们居然半年没见过面了。

此后不久的一天,我因事途经小关庙。自然想起了黄牛肉,想起了庄鸭子,想起了干休所,想起了书商和吴鸿。然而多年过去,黄牛肉连店铺都已荡然无存,庄鸭子改行卖杂货。干休所倒是还在,只是早就没了书商,也没了吴鸿。

大门口,倒是依然有一群老人在下棋。下棋的老人之外,同样还有一个老人坐在轮椅上。我好奇地凑过去,想辨认一下是否就是多年前把麻雀当成美国鬼子飞机的那个。自然不是。不过,只和他说了两句话,他就开始向我诉苦。他说起他的功劳,他的与功劳不成比例的待遇。最重要的是,他的工资卡被不孝的儿子和儿媳拿走,买包烟,也得向儿子和儿媳申请,"儿子还好说,儿媳总是马着一张脸。"老人继续喋喋不休地诉说,我赶紧趁他两句话之间的短暂间隙离开。走出几步，犹自听到他还在自语。在这个缺少听众的年代，每个人都想诉说，全然不顾有没有人倾听。诉说就是一切。

小关庙街和小关庙后街，加在一起也不过几百米。几百米的街上，曾经有多达十几家羊肉汤馆。每年冬至，小关庙街总是人满为患——冬至到小关庙喝羊肉汤，那时候，几乎就是成都的新民俗。冬至前后，每家羊肉汤馆门前，一排木制或铁制的架子上，都骄傲地悬挂着几只刚宰的羊。去皮后的羊，看上去白中带红，红中带白，唯有不肯闭上的羊眼睁得大大的，是两团石炭一般的黑。架子背后的灶台上，高高耸立着蒸笼，热气腾腾的蒸笼里，粉蒸羊肉最受食客欢迎。事前煮熟切好的羊肉与羊杂，盛在巨大的铁盆里。为顾客称重后，大师傅把它们扔进油锅里一顿紧锣密鼓地翻炒，再掺入羊骨熬制的老汤，盛进铜锅上桌。羊肉与羊杂吃得差不多了，点燃火，就汤煮菜蔬。

最早约我冬至到小关庙喝羊肉汤的也是吴鸿。依旧是我三十岁那年，大概就在我生日后两个月，冬天来了。成都的冬天，阴冷，潮湿，常常三五天看不到太阳，因而才有蜀犬吠日的夸张说法。那种天气，围在温暖的炉子旁，喝一碗羊肉汤，吃几筷羊肉羊杂,再饮几杯泡制成浅黄色的枸杞酒,是一种难得的享受。

印象中,吴鸿在干休所的办公时间并不长,可能也就三五年吧。随着后来工作变动,他把办公室退了;其他几个书商,也因种种原因,先后离开了干休所。不过,我却依然是小关庙的常客。黄牛肉的常客,羊肉汤的常客。

年轻不仅意味着更容易分泌多巴胺,也意味着酒量与激情从不缺席。很多时候,我和相好的几个朋友,常约在黄牛肉或羊肉汤喝酒。餐馆打烊了,老板却极有耐心,不催,不烦,坐在一旁抽烟。那时,我们多半已喝得有七八分酒意,开始用筷子敲着碗唱歌。从罗大佑到齐秦,一首接一首。老板听了半天,突然转身走进厨房端来一碟花生米或是一盘猪头肉,"这是送你们的,唱得好。"

夜深了,我们终于互相搀扶着走出餐馆,穿过空无一人的小关庙街,向家的方向歪歪斜斜地扭回去。

4

苍蝇馆子的特点,除了卫生和环境都不太讲究,而往往又能以味道取胜外,还有另一个重要之处,那就是不吃饭不喝酒的人，也可以随时进来——我们坐在店里喝酒的两个小时，一般会进来三四拨擦皮鞋的，敲着金属的鞋板，问：擦鞋吗？会进来四五位卖花生的或是卖青果的，前者用来下酒，后者用来泡酒。先生，刚炒的花生；先生，刚摘的青果。巴适得很。会进来一个卖唱的，五十多岁的中年人，身后跟着一个十来岁的孩子，中年人怀抱二胡，孩子背负音箱，手捏话筒。开初，我们以为二人是祖孙，后来才知道，其实是父子。中年人根本没有五十多，才四十出头。再细看，他的一条腿明显比另一条腿更细，小儿麻痹症留下的。难怪，他只得卖唱谋生。他说，腿脚不便，又要背音箱，又要拿话筒，恰好儿子放了暑假，跟着帮忙。

  一曲五元。中年人一边拉二胡，一边就着儿子递到嘴边的话筒唱歌。大多是一些老歌，说不上有多好听，当然也不算难听。有时，我们多喝了几杯，便请他伴奏，我们自己唱。孩子的眼睛不时瞟过桌子，从卤牛肉和油酥花生米、白斩鸡和回锅肉上空掠过，让我想起美国鬼子的飞机。我端了半盘卤牛肉递给他。他不接，用眼睛去扫中年人。中年人略微犹豫一下，对我说，谢谢。一块就行了，夹一块给他就行了。以后，渐渐熟了，要是再端半盘牛肉给孩子，孩子再用眼睛去扫中年人，中年人就会说，还不快谢谢权叔。

从小关庙后街一直穿过去,是一条与它垂直的大道,那是内环线。内环线外侧,是绕着成都画了个大半圆的锦江。内环线与锦江之间,有一块狭长的绿地,因地制宜地建成了河滨公园。

那一年,汶川大地震后的半个多月里,成都街头,大凡距离高楼较远的空地——草坪、花园、广场——都挤满了帐篷,一顶接一顶的帐篷,像雨后森林里一夜之间冒出头的蘑菇。有几个晚上,我的帐篷就搭在小关庙外面的河滨公园里。

夜里,李华和简锐来访。我们坐在草坪上,望着沉沉的夜空发呆。既为地震造成大量死亡而伤感,又为不知道还有没有余震而担忧。默坐半晌,我建议去喝酒。心情灰暗时刻,酒精或许能暂时抚平创伤。

穿过窄窄的公园,走过花期已过的玉兰,走过茂密的女贞,穿过空荡荡的内环线,便进了小关庙后街。然而,小关庙后街的黄牛肉已经搬迁,而小关庙街的众多羊肉汤馆都没开门——躲避余震的日子,老板哪有心思营业呢?

最终,我们在石马巷附近找到了一家卖卤肉的小摊子,买了一些猪蹄,复又回到河滨公园,坐在草坪上饮酒。猪蹄很快吃完了，酒也喝干了，小雨又一次渐渐沥沥——那个初夏的天气十分奇怪，非常像暮春或深秋。李华和简锐冒着雨骑车回家，我钻进帐篷。小小的帐篷，像一个巨大的子宫，温暖而安全，我在它的庇护下，渐渐入睡。

两个多月后，李华回了自贡，简锐搬去了郫县（现郫都区）。那以后，我们虽然一年还能见几次，但再也没有一同走进过小关庙。小关庙那些日益破旧的店铺，那些正在被修改的街巷，以及越来越茂密的行道树，它们属于另一个业已消失的年代。

5

小关庙街外的河滨公园，也是我经常散步的地方。有时候，是小关庙的酒局结束了，回家时，顺道在园子里走一圈。有时候，是在家里写字累了，走过北门大桥，下到内环线，几百米外便是花红叶绿的园子。

如同所有的城市公园一样，小关庙尽头的河滨公园，当仁不让的主角首推花花朵朵。其次是老人。只有走进公园，你才会发现，原来我们的城市里，竟有如此众多的老人。头发花白的，头发花白了但染得漆黑的；步履蹒跚的，步履尚矫健的；声音洪亮的，声音嘶哑的……他们在园子里，各有各的小天地。

唱红歌的，跳广场舞的，下棋的，倒走的，舞剑的，打太极拳的，抽陀螺的……他们五彩缤纷的生活，一度让我由衷地羡慕：什么时候，我才能像他们那样，心安理得地享受生活，而不是为了生活而奔波？当然，随着年龄渐长，我不再羡慕他们。与其心安理得地享受生活却年事日高，我更愿意为了生活而奔波。前提是年轻，是葆有那股折腾的勇气与力量。

那些年，我注意到了一对老夫妇。两人俱瘦，穿着干净，花白的头发梳得很整齐。我注意到他们，是因为他们的举止与形象，和其他老人有颇大区别。远离人群的园子角落，有一株垂丝海棠，树下是一张长椅。他们总是紧挨着坐在椅子上。海棠枝头，挂着一个鸟笼，笼子里有两只绿色的鹦鹉。鹦鹉看到有人走近，就一齐怪腔怪调地叫：平安快乐，平安快乐。

我是被鹦鹉的叫声吸引而停下观看的，两个老人见我立在鸟笼前，朝我点了点头，很友好地笑。无端地，我觉得两人应该是退休教师或医生。不久后的冬至节，小关庙的一家羊肉汤馆里，隔着几张桌子，我看到了这对老夫妇。他们同样选了一个靠边的角落相对而坐，小口喝汤，小口吃肉，几乎没言语。

那座滨河的园子，季节在春天的海棠、夏天的女贞、秋天的鸡爪枫和冬天的蜡梅之间一刻不停地切换。我无数次穿过园子，也无数次遇见这对老夫妇和他们的鹦鹉，无数次点头，无数次微笑，却从不曾说一句话。更不知道他们姓甚名谁，来自何方。这就好比大海上孤独航行的船只，远远地看到另一条船，鸣一声笛，算是打一个招呼，表明自己并不孤独，却没有必要停下来询问：你来自哪里？你去向何方？

大约两年后的一天，当我再次听到鹦鹉叫声时，才发现椅子上的老人只有一个了。女的不在，只有男的。一连两三次都是如此。我知道这意味着什么。但我们还是没说话，只是点点头。再后来，笼子里的鹦鹉也少了一只。我当然也知道这意味着什么。余下的那只声音变得更加苍老，看到我走过，它依旧怪腔怪调地叫：平安快乐，平安快乐。

再再后来，笼子里仅存的那只鹦鹉也没有了。垂丝海棠枝头，挂着一个没有鸟儿的鸟笼，关着一笼乍暖还寒的东风。时值初春，阳光明丽而纯净，像水一样泼向娇艳的海棠。海棠枝下的长椅上，坐着那个头发全白的老人，他端详着空空的鸟笼，似乎陷入了深沉的回忆。那一次，我从他身边经过，他破天荒地没有点头，也没有微笑。

汶川大地震不仅是一起惨烈的自然灾害，同时，它还是相当一部分人人生的分水岭。于我来说,大地震次年,我搬离了北门。像我一样搬离北门甚至搬离成都的,还有多位曾经一同出没于小关庙街的朋友——诸如前面说过的李华和简锐。

从小关庙到华阳,直线距离也有二十多公里。并且,随着城市日益拥堵,开车也要一个多小时。我很少再去北门,更少再去小关庙。

吴鸿去世后,朋友们聚会时,偶尔还会提起他。书房里几本有他签名的书,还在无声地提醒我,曾经有这么一个朋友存在过。但是,很显然,朋友们提及他的频率将会越来越低,而纸质的发黄的书也无法抵挡岁月流逝。他终将被遗忘。就像所有逝者都终将被遗忘一样。至于养鹦鹉的老夫妇,至于干休所把麻雀认作飞机以及痛诉儿子儿媳不孝的老人,如果不是写这篇文章,我很难再想起他们。

令我意外的是,我与小关庙的故事其实并没有完全结束,哪怕我不再出没于小关庙已有十多年。

那是前不久的一天中午,应朋友之约,我前往成都郊县某个农家乐吃饭。一张接一张的餐桌,大模大样地摆在一片偌大的林子里。却没多少食客。吃喝间,突然听到旁边有人拉着二胡唱歌,唱的是那首老掉牙的"北京的金山上光芒照四方"。

初时并未在意，后来，唱歌的人走到我们这一桌问：先生，来一首歌吗？这时，我看见他的一条腿明显比另一条腿更细。我一下子想起了他。十几年前，那位拉着儿子的手出没于小关庙的中年人。

都有点意外，也都有点小兴奋。请他坐下。问他，你儿子呢？他带着几分骄傲说，在成都一家大公司上班。

从中年人断断续续的讲述中，我大概理清了线索：他在小关庙卖唱前，就和老婆离了婚。其实也不算离婚。老婆看不到生活希望何在，就跟村里的某个包工头去了南方，再也没回来。他要拉扯儿子，还要养老母，地里种庄稼，根本挣不了几个钱，只得到成都卖唱。用卖唱的钱，他供儿子读书。前些年，儿子大学毕业，进了一家五百强企业。

我由衷地替他高兴，让服务员拿来杯子，敬他一杯。他喝了酒，脸红了。我又问他，既然儿子工作了，为什么不去成都和他在一起？还要在老家卖唱？他又主动喝了一杯，脸更红了：唉，前两年，儿子按揭买了房子，压力大，我只好又出来卖唱，挣几个钱补贴他一下。

为什么不去成都？成都一曲至少十元，这里才三元。

中年人表情羞涩：儿子结了婚，我和年轻人生活，大家都不习惯……

  我们都听懂了背后的潜台词，于是，一齐沉默。

  末了，中年人拖着腿站起来，他说，先生，我再给你唱一首。这首不收钱。

  于是，吱吱呀呀的二胡声响起来，中年人沙哑的歌声也响起来。还是那首熟悉的老歌。歌声中，掺杂着鸟啼声和蝉鸣声。我仿佛又看到了小关庙和那些消逝的人，那些消逝的岁月……

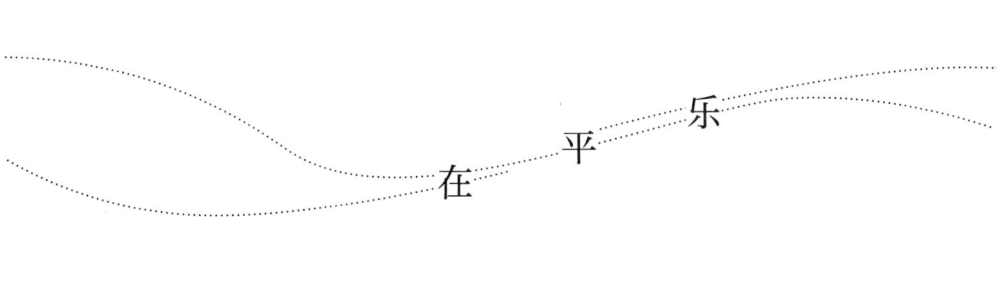

我打算在平乐买套房。平乐是距成都市区一百公里的邛崃市下辖的一座镇子。四十岁以前,我从没去过那里。在并非自己成长或生活的异乡买房,这大概是近十多年才兴起的时尚吧?比如成都人喜欢到西昌买房,到海南买房。蜀犬吠日,盆地向来阴冷,近则西昌,远则三亚,都有令成都人艳羡的一颗又一颗打在身上叮当作响的金子般的好阳光。从盆地挪出去的半截发霉的身子,一下子就酥了,软了,轻了。

我的情况却不是这样。与成都相比,平乐同样阴冷、潮湿,甚至,因为更靠近大山,更靠近来来往往的烟岚,它还会多几分寒意。

我打算在平乐买套房,仅仅因为,那里是某人的故乡、老家、祖居之地。所谓某人,是我对娃他妈的戏称。

娃他妈,或者说某人,在平乐生活了十七八年,直到考上大学才离开。如果从她上溯,她们老周家在平乐的历史可以追溯到清朝初年,也就是湖广填四川那阵子。说是湖广填四川,其实迁居四川的外省人中,江西人占了很大比重。某人他们世居的那条街就叫江西街,想必那条街当初就是江西移民最集中的地方。

"那就是我们家。"有一天,某人和我走在江西街上,她突然指着不远处的一栋房子,不无惆怅地对我说。她说的"那就是我们家",其实已经不是她们家了,在她生活过近二十年的地方,另外的人在继续另一种生活。那是一栋古老的立料建筑,木制的墙壁和板门,青瓦,吊脚楼,破旧而又古意盎然。在这座号称古镇的镇子,这样原汁原味的老建筑也并不太多。倘是如今,稍事修整和设计,便可摇身一变,变成颇具风味要价不菲的民宿。我问某人,当时为什么要卖了呢,难道没想过增值?某人幽幽地说,那时我又不认识你。再说,那时平乐的旅游才起步,谁知道它会这么火?

其实我知道,某人把老屋卖了的更深层次的原因。她的父亲不到五十岁就突发疾病早逝,某人大学刚毕业,在成都上班,不放心母亲独自住在镇上,遂接来成都。故乡的老屋,一旦没了人气,衰老得比人还快。家猫掀瓦,野鼠打洞,不出半年,老屋竟然破败得如同废弃多年。所以,某人就贱价出售了。从此,她虽然熟悉平乐的一街一巷,却不能算平乐人了。

我的不曾蒙面的岳父，安葬在平乐镇旁的山上。山岭多篁竹，漫山青翠翻滚。倘是晴天，走在林子里，能听到此起彼伏的笋壳掉到地上的咔嚓声；倘是雨夜……雨夜我是不敢去那荒山的。但依凭我在故乡的经验，雨夜的竹林，风过枝摇，雨压叶漏，凄凉中有一种说不出的恐惧。山上到处都是低矮的坟茔，大多没有碑，唯岳父的坟前树了一方。碑上的字出自乡下石匠，乍一看，像瘦金体，细一看，春蚓秋蛇，极是别扭。

坟茔集中在两山之间的沟槽里，风水上说，这叫太师椅。属于某人家族的就有好几座。以致每年上坟，我总分不清黄土下安眠的那个先人，和某人到底是什么关系。我只管小心地把鞭炮挂在一根横斜的枯枝上，鞭炮炸响，闪着光，惊飞了一群鸟雀，落在一箭之外的土坡上，不满地用叽叽喳喳表达被扰了清梦的抗议。寒风吹拂，新铺到坟头的纸钱轻轻卷起，飞一飞，旋又被坟上长势良好的青蒿拦下。

前往岳父的坟，要经过镇边一条坑坑洼洼的公路。路旁，有家酒厂，糟味扑鼻，是度数很高、能当酒精涂抹伤口的高粱酒。一杯下去，立即面热心跳，有人把它叫烧刀子。据说，岳父生前也是要喝几杯的。我和某人认识时，有一年，杨宗鸿送了我几瓶上好的郎酒,我转送某人,说,给你老爹过年喝吧。某人神色有异,当时也未细想。后来,她说,那时她爹刚去世几个月。

大概是为了就近利用酒糟,酒厂旁边,是一家小型养猪场。大老远,空气中就有一股刺鼻的猪粪味儿,猪们傲慢的哼唧声也同步传来。一条小路从公路上分岔,通往山上,养猪场的粪水自歪斜的围墙下漏出来,淹了足有几十米长的一段路。路上,谁人在满地粪水中胡乱立了些半截砖头,如同粪水海洋里遥相呼应的群岛。某人穿着高跟鞋,小心翼翼地,像走钢丝一样在一块接一块的砖头上挪。我开玩笑说,她像一只舞蹈的鹤。岳母开始抱怨:龟儿子些,只晓得挣钱,就不晓得别人进出不方便。天上突然下起了小雨,从近在咫尺的竹林里传来鹧鸪清亮的叫声。辛弃疾说过,它叫的是"行不得也,哥哥"。稼轩在他的词里,借这种大如鸽子的南方鸟儿表达过内心的惆怅:江晚正愁予,山深闻鹧鸪。

当然,这是好些年前的往事了。去年,酒厂和养猪场神奇地消失了,坑坑洼洼的公路变得宽阔、笔直。就连上山的小路也拓宽了,足以通过三轮。粪水横溢的养猪场对面,是一片新开的停车场。一个酒糟鼻老头,嘴里叼根细长的竹制烟杆,烟雾弥漫,他的脸顿时隐在一团薄雾后面。老头像个刚登基的国王,气派地挥动粗糙的大手:倒、倒、倒……球不得了。砰一声,一辆车的屁股碰到了矮墙。墙下,一只午休的黄狗张皇失措地睁开眼,站起来,像个迷茫的孩子一样望着老头。老头一脚踢过去:狗、狗、狗日的,你看、看、看个球。

有一天,我站在桥上看风景。那是一座年事已高的石头砌成的桥,桥呈赭红色。石头缝隙里,顽强地钻出一丛丛青草。风吹草动,倒映在桥下的江水里,把江水搅得稀烂。桥边有一株硕大的黄桷树。有多大呢,大概总得七八个人才能合抱吧。树上挂满红布。据说有人相信,这种年龄的树都已成精;而成精的树有灵魂,有法力,挂上红布,就能为挂红布的人辟邪、消灾、祈福、求善。但某人却说,这习俗是近年才有的。她们小时候,常常像只猴子那样爬到树上,吊着双腿坐在树丫上,唱一首"山的那边有一群蓝精灵它们活泼又聪明"的歌。夏天的傍晚,溪云初起,红日沉山,渐渐墨黑的天空变幻出无数可怖的图形。某人以为,那就是蓝精灵。一同坐在树上的伙伴已经溜下树回家了,她还在张望天上的蓝精灵。

那时候,树下这条江——名叫白沫江,我跟某人开玩笑说,叫口吐白沫江,比现在更宽,更急,也更深。那时候,还有修

在平乐

长的木船，载了山货，从上游的夹关缓缓驶来。船头，站着精瘦的水手，黑而光滑的身子，像是一匹在夜间铺开的绸子。有时也会有木排，碗口粗的树木扎成排，乘着汛期，也从上游急不可耐地冲撞下来。镇子对岸有一片回水的沙滩，是孩子们嬉戏的天堂。螃蟹在岩穴深处纳凉，狡猾的小黑鱼一看到人影子，就箭一样射进深水。某人说，她曾经和几个小女孩到水里游泳，花花绿绿的裙子脱在岸上，竟然被一个妇人拿走。她们追上妇人，妇人狡辩说，我以为是没人要的呢。

七月半，鬼乱窜。那是逝去的亡魂一年一度回人间探亲的日子。那半个月里，暑气蒸腾，沾着铁锈边儿的月亮越变越圆。月光下的白沫江两岸，吊脚楼和黄桷树都倒映在河里，水面升起一些又薄又潮的雾气，像是亡魂们聚在一起亲切地拉家常。某人的父亲那时当然还在。某人说，她的父亲拉着她，提了纸钱和水饭，到白沫江边，拣一个僻静去处，把纸钱焚化，把水饭布施，给那些无家可归的亡魂。至于有家可归的，也就是有子息的死者，他们的子孙会在家中的庭院或是客厅的角落，同样焚化一堆纸钱，并摆一桌稍微丰盛的酒饭。夜深了，白沫江边燃起的纸钱的火光渐次熄灭，河风吹来，纸钱的白灰追随着一只只巴掌大的蝴蝶在夜色里慢慢地飞。某人的整个童年都笼罩在这种神秘与敬畏中。

如今的白沫江两岸,新起了高高低低的楼房。为了和古镇定位合拍,楼房一律都是仿古的,一些黄桷树或其他树挤在房屋与房屋之间,江面平缓,江流婉转,沙滩面积扩大了,成为绿草萋萋的芳甸。相距不远,就有石梯从街面通向江边,沿江的堤岸上,树和房屋投下重重的阴影。倘是天气晴好时,沿江都是悠闲的茶客,或打牌,或闲谈,或静坐。时光缓慢,如同那只蹲伏在桥头的大白猫,它懒懒地叫。懒得每两声之间,总要停上半支烟工夫,你以为它不会再叫了,结果,它又叫一声。

我多次溯白沫江向上游而行,它是从附近的天台山深处汇滑流而成河的。在平乐,水势变得浩大,冲积出这片山间的坝子,或者说微型平原。坝子两边都是起伏的青山,坝子就在两列青山的耸峙中,保留了无以言表的平坦。镇外的田野,都是精耕细作的农业区。四季轮回,大地上的作物依次粉墨登场,乱中有序:小麦,大豆,玉米,高粱,水稻,红苕,间之以流水般出现又消失的瓜果和菜蔬。方方正正的农舍点缀在青碧的原野上,像是绿网网住了一只只白色或黄色或灰色的甲虫。

某人家住街上,却在镇外有土地,户口也属农村,这是一件颇为奇怪的事。不过，到某人这一代，其实已经远离了农业，远离了田野的稼禾与桑麻。岳父用自家的房子开了一间杂货铺，田地交给亲戚。某人名义上考入大学后才转了农村户口，但究其实质，她早不是农民。她住在花花绿绿的镇上，有电影院、戏台子、医院和商店的镇上。

我却是农村长大的。吾少也贱，颇能鄙事。五月光景，秧苗已封林，玉米还差点火候就可收获，桑叶肥厚，天气日甚一日地热。平乐镇外，万物生长。我蹲在稻田边，听见稻田深处一只秧鸡轻盈而随意地叫，仿佛就是儿时在我的老家王场听过的那一只。云气从天台山那边纠结而来，天空溅过一阵惊雷，一场大雨志在必得。

半个时辰后，我已坐在镇上的一家茶馆里。茶馆的一面墙都是没有玻璃的窗户，正对白沫江。大风吹来，扑面都是青草的清凉。河里刚才还来来往往的游乐小船都已靠岸，大雨如注，一个少女撑着红伞款款走过古桥，风吹起她的红裙子，像是雨中一道扯人眼球的闪电。慵懒的大白猫不见了，它已蹿进邻近的商铺，躲在木板门后面，睁大眼睛望着从屋檐上渐渐滴成了串的雨水。

平乐这个名字，原本为平落，取平沙落雁之意——白沫江畔那些有草有花的沙洲，想必是大雁们生儿育女的好地方。但是，据说有领导认为"落"字不吉利——他大概不知道"平沙落雁"这个典故，而手下人一般是不敢给上司普及文化常识的，领导就决定把平落改为平乐。领导说，平乐，就是平安快乐嘛。像是过年互致的吉语，却没了原初的韵味。当然，领导总是强大得无所不能的，他说要有平乐，就有了平乐。但是的但是，后来又换了新领导，新领导想必是知道平沙落雁的，于是拍板把平乐改回平落。改来改去，民间却已习惯了平乐。所以，到底平落还是平乐，本地人都众说纷纭，外地人更是一头雾水。

我向平乐街头一个吃水烟的老头打听铁屎坝。然后，我找到了镇边骑龙山上的一座小山坡。铁屎是方言，意指炼铁后的废渣。在铁屎坝，铁渣、铁屑，以及明显高温燃烧过的泥土，还有前几年发掘出的一座几乎完整的古代铁炉，都证明了平乐曾经的繁华——这繁华足以推到两千多年前的西汉。那时候，某人的先祖还在江西，还与这片迢遥的土地没有任何牵连。

在邛崃，卓王孙是一个足以写进历史并让后人骄傲的名字，当然不仅仅因为他是美女加才女卓文君的老爹。冶铁世家的卓氏家族，被一纸诏命，从中原地区的赵国迁居到偏僻的邛崃。因祸得福，平乐一带埋藏着极为丰富的铁矿。先进的冶铁技术配以廉价而丰富的资源，卓氏家族想不发达都不行。到了卓王孙时期，一个拥有上千名仆人的钟鸣鼎食的华丽家族出现在邛崃。铁屎坝，就是那场华丽往事的见证。

只不过，时过境迁，已经鲜有人知道这段历史。即便是镇上的人。我向其中几位打听铁屎坝，他们都要纠正：铁屎坝？你说的是台子坝吧？台子坝，那是镇中心的一个地方。那里，有一座上百年的戏台子。以往，逢年过节，总要上演才子佳人的悲欢离合。那里，离凡俗生活要近得多。

与铁屎坝互为佐证与配伍的，是一段古道的遗址。同样在镇外，在小山之巅，竹林掩映的古道上满是比碗口还大的石头。这些石头显然是后来通过想象加上去的，目的是要让它更像古道一些。殊不知，真正的古道不可能有这么大的石头，即便有，也早被时光之河风化、解体。这条古道属于南方丝绸之路的一段。

出产于成都及邛崃周边的丝绸，出产于邛崃的茶叶和铁器，以及大名在外的邛窑烧制出的瓷器，它们就通过这条几尺宽的小路，溯白沫江而上，先是抵达天台山脚下的夹关，然后顺着天台山的一道垭口，翻过山岭，进入雅安地界。到了雅安，古道开始分岔，往西的，从天全可到康定、拉萨，那就是常说的茶马古道了。往南的，从西昌到云南，再从云南走出国境。那些生长在平乐周围山坡上的茶叶，当它们还是一芽嫩嫩的叶子时，它们完全不会想到，竟然还有那么长的路要走。走着走着，茶叶就老了，熟了，而平乐就远了，模糊了。

某人在镇上还有不少亲戚，毕竟她们家族在这里生息繁衍了两百多年。血缘近的如外公外婆、舅舅表妹，血缘远的如堂伯堂婶、表叔表娘。每年春节，我们都要回平乐，和他们见上一面。用一个文绉绉的词，那就叫款叙亲情吧。

我们在一家叫平乐堂的饭馆吃酒。这是一座幽深古雅的老院子，墙上伏着红色的三角梅，梅下伏着猫，不是白的，是黑的；猫下面，是石头水缸，缸里的鱼无声地游；一只麻雀站在缸沿，饶有兴趣地看鱼看花。里面的一进院子更老，陈列着老板收藏的全国各地的各种牌子的酒，五花八门，蔚为大观。

上桌的都是乡土美食。山间竹笋一定得有，本地名小吃钵钵鸡，以及用香料熏过的老腊肉也一样不能少。外公八旬开外，烟不离手，酒也顿顿要有。量不大，三两就烂醉，让人想起"饮少辄醉,而年又最高,故自号曰醉翁"的欧阳修。当然,外公恐怕是不知道欧阳修的。

几杯酒下肚,酒桌上辈分最高因而也最有话语权的外公不停地说话。忙里偷闲,说话间隙,赶紧吸一口烟,像是为一篇长甩甩的文章加几个标点。他的口头禅是"古人说过",几乎每句话都如此。仿佛不加上"古人说过"这四个字,就不足以证明他的正确性与必要性。

外公说,古人说过,从前白沫江的鱼多得很,下雨天涨水,水一直灌到我家牛圈里。水退了,我在牛圈里都捡了七八斤鱼。外公说,古人说过,从前,白沫江的鱼,味道比现在周正得多,就连铁屎坝那边的稻田里,秧鸡的叫唤,也比现在清亮得多。外公说,古人说过,以前没电视没歌厅,夜就长,人睡得足,睡足了,自然就清醒,办事不糊涂;不像现在,又是电视又是歌厅,夜就短,人睡不足,睡不足,自然不清醒,办事总是糊涂。外公说,古人说过……

外公家距平乐镇约两公里,在微型平原的另一端,白沫江从他家的竹林里流过。他说,竹林里原本有许多桤木,后来大炼钢铁,都砍了,改种竹子。十多年前,每年夏天,白沫江发大水,总有些树木从上游冲下来,外公就像一条鲇鱼那样游进水里,把那些无主的树木打捞上岸。有一年,他甚至打捞到一只很新的柜子。柜子上了锁,外公把柜子抱回家,心潮澎湃。那时候,他正为儿子结婚发愁。他看着柜子,浮想联翩,半天才找来钳子和斧头。柜子打开了,里面却空空如也。或者说,只有一些白沫江的浑水。外公沮丧至极,他说,古人说过,早知道这样,还不如不把柜子打开,还存个念想呢。

外公喝了酒,骑着三轮车回家。外婆坐在三轮车车斗里,蜷缩着,是一个佝偻着腰的乡村老太太。外公一边骑车,一边抽烟。从后面看,不时有一大圈白色的烟雾升起来,随即又被春天的风吹散。空气中有一股特殊的烟草味。

我打算在平乐买套房。平乐有一个叫上河郡的楼盘,位于平乐镇尾的白沫江边。我曾想买靠近白沫江的那栋,在那里,站在阳台上或窗户前,就能看到白沫江静水深流的好样子。但是,靠江的那一栋却是商业用房,开成了客栈、酒吧、茶楼。每到夜晚,酒吧的歌手沙着嗓子唱歌,客栈灯火通明,茶楼传来哗哗哗的洗牌声。为客栈、酒吧和茶楼服务的烧烤直接把摊子摆到了河边的园子里,浓烟滚滚,夹杂着孜然和烤肠的香味,把春天的风都熏得焦了,糊了。

最终，我把房子买在了小区中心位置，那里，远离了白沫江，也远离了江边的喧嚣。我想，如果我再老一点，我也可以弄一辆三轮车，载了某人，在平乐的街巷与田野间随心所欲地走一走。我也要像个老人那样，对这座古老的镇子说：古人说过。古人说过呀。

在都江堰

1

时间长了,有一种眩晕。我是说,凝视漩涡的时间长了,有一种眩晕。随即,竟有一种跳下去与漩涡融为一体的冲动。

最早产生这种冲动,我二十六岁。那一年春天,一场酣畅淋漓的急雨后,我站在南桥上,凝视桥下的流水。浩荡的流水刚从宝瓶口飞滚而下,带着雪山融水的阵阵寒凉,打着一个接一个的漩涡。我双手扶住栏杆,以便抵挡因凝视而生的眩晕,以及跳下去的冲动。

那时候,在我心中,都江堰这座平原尽头、高原边缘的城市,给我的最深印象就是:这是一座水做的城市。流水环绕,空气也因流水而潮湿,好像扔一颗大豆在空中,当它落下来时,就会因过多的水分而以一种令人目瞪口呆的速度发芽。

那时候,我才走出大学校园三年,在川南自贡的一家工厂谋生。自贡也有河,名曰釜溪河。但那是一条消瘦的河。细若鸡肠的河道里,淌着一些幽暗的黄水,散发出说不清道不明的气味儿。当我坐在釜溪河边的王爷庙喝茶时,透过窗户,脚下那一河黄水,平静得平庸,连漩涡也没一个。甚至,就连偶尔飞过的翠鸟,也是一副无精打采的模样。我不禁想,如果把都江堰的大水引入釜溪河,奄奄一息的釜溪河也将呜咽奔腾,打着一个接一个的漩涡。

没有漩涡的河,实在不好意思称之为河。

都江堰既是一座古老的水利工程的名字,也是一座AAAAA级景区的名字;同时,它还是成都下辖一座县级市的名字。作为行政区名,老实说,我不喜欢都江堰。我喜欢它曾经的、使用了上千年的名字——灌县。一个灌字,昭示了这座城市的角色定位和历史功勋。因为丰沛绵长的流水,它长久地灌溉、滋润邻近的平原,直到灌溉、滋润出水旱从人、不知饥馑的天府之国。

孰料,后来,大约出于旅游之需,城市突然流行改名换姓——灌县改名都江堰,徽州改名黄山,大庸改名张家界,崇安改名武夷山,原本有着历史厚度与岁月传承的灌县、徽州、大庸、崇安便烟消云散。局部取代了整体,乃至有局部大于整体,整体服从局部的错谬。

我对都江堰的记忆，起源于它的前世——灌县。那时候，我只有六七岁，刚上小学。

话说我的老家富顺，是一座丘陵起伏的农业县。农业县的本质，意味着人口众多，意味着大多数人都得通过面朝黄土背朝天的艰辛劳作，从土里扒食。同时，还意味着在土地上折腾了多少年多少代的农民，对读书改变命运有一种普遍高于他处的焦虑和渴望。

此种大背景下，谁家的孩子一旦考上中专——那时，全村还没一个考上大学的，就有一种鲤鱼跳龙门的轰动，将引来十里八乡的艳羡。如果是男娃，说媒提亲的必定络绎不绝，踩破门槛。

那年，我家对门的李家老三考上了中专。以前，关于中专，我们只知道富顺师范、富顺卫校；远一些的，就是自贡农校和自贡工业校了。而李家老三考取的，竟是一所我们闻所未闻，却又因闻所未闻而愈加让人好奇的学校——四川省林校。

四川省林校在哪里？当然在四川。在四川哪里？大人们说，在灌县。灌县在哪里？大人们也不知道了。他们只知道，李家老三坐了两天汽车，才从我们富顺乡下赶到了位于灌县的四川省林校。

过年时，李家老三放寒假回来了。午饭后，冬日难得的艳阳下，满院子男女老少或坐或立，正在享受艳阳抚摸。李家老三站在院门前，修长的影子挡住了他妈身上的阳光。他妈愠怒地抬起头，立即惊喜地叫了一声：三娃，你回来了？李家老三慢慢走到他妈面前，伸出手说：妈，你好。

所有人都呆住了，随即爆发出一阵大笑。因为，李家老三说的不是我们熟悉的富顺方言，而是电影里的人才说的普通话。并且，除了公社来驻点的刘书记，其他人都没有握手的习惯，更没有人和自己的妈握手。以后很长一段时间里，李家老三的普通话和他与他妈的握手，都成为村里人的笑料。尤其几个对他家不满的邻居，每一说及，总要发出夸张的大笑，且总结说：贵州的骡子学马叫啊。

唯一不笑的是我妈。李家老三的弟弟到我家串门，我妈甚至给了他半个西红柿。我妈当然不是对这个鼻涕横抹的小孩青眼有加，而是因为他是李家老三的弟弟。在我妈看来，读书娃娃们都应该像李家老三那样，考上中专，远走高飞，在城里找一份体面工作，从此脱离农村，脱离繁重的体力劳动和辛苦一年却吃不饱穿不暖的可悲命运。

所以，那时候，在我心中，世界上最神秘、最美好的城市有三座。一座是北京，毛主席就住在那里。那时，我以为毛主席的家就在天安门。早晨起来，毛主席打开窗，就看到红太阳从广场上升起，于是微笑着挥挥手。一座是大理。大理是姑姑的家。姑姑总在逢年过节给我们邮来糖果、衣服，以及云南白药。一座是灌县。那里的人像李家老三那样说普通话，见了人就会文质彬彬地伸出手来捏一捏。

我想，即使我不能去北京或大理，至少，我也要去灌县。

2

等到我真的去了灌县，灌县已经不存在了——它改名都江堰了。

我是到都江堰开笔会的。20世纪90年代初，尽管文学已不像之前十年、二十年那样热火朝天、炙手可热，但与后来相比，文学仍然处于它的高光时刻。那样的高光时刻，各地作协和各种文学期刊便经常举办笔会。不过，作为一个二十六岁的文学青年，此前，我只参加过我所在的自贡和富顺的笔会。

受邀到都江堰开笔会，起因很偶然。因为，通过书信，我"认识"了一位老人。

2008年秋天，都江堰尚是大地震后的废墟时，老人在成都浣花溪畔的一家酒楼办了九十寿宴。那天，四川不少诗人、作家与会，我亦叨陪末座。我送给老人的礼物有二——一篇文言的寿序，收在都江堰方面为他编的纪念文集里；一副对联，道是：昔年挥戈退落日，晚岁吟诗动玉关。挥戈退落日，指老人在抗战时创办《挥戈文艺》；吟诗动玉关，指老人晚年倡建玉垒诗社——而我，我的首次都江堰之行，就是去参加玉垒诗社主办的笔会。

寿序里，我这样概括老人的身世生平："先生少而好文，师从何其芳、丁易诸公，怀揣利器，慨然而有李杜之才、班马之志也。是时国难方殷，乃与友人创办《挥戈文艺》，鼓吹抗战文学。书生报国，别无长策，惟意气血气与胆气耳。""不意先生钟情文字，耻于牧民，遂入灌州中学执教。十年间，桃李不言，下自成蹊。岂料反右风起，先生打入另册，下放乡野。茅屋纱窗，箪食壶浆，斯文至于扫地。""既至复出，先生已乃白发衰翁。每念时光流逝而事业未竟，先生乃有举烛之思。八十年代，先生首倡玉垒诗社，海内吟朋，闻风鹊起。至于今，垂垂二十余年也。既出诗文数百种，复育诗家数十人。若谓灌州文风猛烈如火，聂子则谓先生乃引火之普罗米修斯；若谓灌州文风苍郁似林,聂子则谓先生乃二十年前种树人。"

老人为谁?老人姓陈,名道谟。我一直尊称他陈老。

和陈老的交往,其起源,要从都江堰的一本杂志说起。众所周知,在我国,公开刊号的文学期刊,几乎都是省级及以上的作协、文联或出版机构在主办;省级以下,除少数副省级城市外,绝大多数普通地级市的文学刊物都是内刊,只能内部交流,不得公开发行。

都江堰却是一个罕见的例外。以一个县级市的级别,都江堰曾经拥有一本全国公开发行的文学刊物——《青城文荟》。大二时,我很偶然读到一期,上面不少作者,都是我景仰的前辈,如流沙河、沙汀、周克芹、贺星寒等。

见贤思齐,我立即把一篇短文寄过去——责任编辑栏里,有一个我熟悉的名字:马及时。之前,我读过他不少散文诗。作为一个名不见经传的文学青年,虽然每年都要投出去数百篇稿件,但刊发出来的不到十分之一,百分之九十以上都石沉大海。寄给马及时的短文,我很快忘了。

没想到,数月后的一天,突然收到从都江堰寄来的几十元稿费,以及一本样刊。样刊里,夹着马及时一封热情洋溢的信。

正是通过马及时,我知道都江堰有一个老辈文人叫陈道谟,陈道谟主办了一本诗刊叫《玉垒》——不久,我的诗歌也刊发在了《玉垒》上。再不久,陈老写信来,要我参加这年春天在都江堰举办的笔会。

那是1995年3月。坐在东方锅炉公司的办公室里,我把陈老的信一连看了三遍,想象着那座李家老三曾读过书的神秘而美好的城市。从前,它叫灌县;现在,它叫都江堰。

3

在听说灌县十多年后,我终于走进了灌县——当然,如前所述,它已改名都江堰了。名字可以改动,内容却都一样。一座流水浸润的城池,街巷边,柳枝拂风,杨树堆烟。淙淙的水声从左近传来,拐弯一看,一条清澈的小河流淌在两条街之间。河边石阶上,几个妇女抡了木棒在洗衣。二十多年前,车辆少,居民少,高楼亦少。走在大街小巷间,抬起头,就能看到城市一侧的山峰,顶着满头青翠,青翠得又浓又重,像是一只巨手精心涂抹上去的。

我知道,那就是陈老的诗社和诗刊得名的玉垒山。杜甫早就在诗里写过:锦江春色来天地,玉垒浮云变古今。整座都江堰市区，就倚在玉垒山的怀里；脚下，是密如蛛网的河渠。

笔会分别在城区和城外几十里的龙池进行。如同此前我在照片上看到的那样，陈老是一个个子不高的清瘦老者，穿一身普通的蓝色中山服，似乎还戴了一顶帽子——成都平原的三月，阳光明亮，菜花灿烂，但挤在平原与高原缝隙中的都江堰的春天要来得晚一些。

笔会很隆重。与会数十人，都江堰人占多数，也有不少我这种从四川其他市县来的。更有几个诗人，竟从台湾和香港而来。许多年后，当我经历了一些世事才明白，一个没有编制没有经费的民间团体，要举办这样盛大的活动，需要主事者利用自己的私人关系，到处化缘，到处衔接——对这些，陈老轻描淡写，略过不提。

龙池是群山拱起的一汪高山湖，湖边散漫地立着几十栋小木屋，是为酒店。漆成彩色的小木屋，点缀在林中，木屋旁，野花摇曳，蘑菇生长。早晨，我沿着湖边散步。阳光追来，把森林和木屋以及远处雪山的影子，一并赶入湖底。小路上，我与陈老不期而遇。有过怎样的具体对话已经记不清了，大意却还记得：他鼓励我多写，写好，"你还这么年轻，一定能写出传世之作的。我老了，许多时光都荒废了"。

那时我的确年轻，年轻得有些轻狂。我是参加笔会的所有人中，唯一一个二十几岁的。另一个稍年轻的，也比我长十多岁。所以，我有些不合群。笔会还没结束，我想去看都江堰——李冰修建的水利工程。我溜出会场，一路打听，循着水声，走向南桥。然后，我便看到了令人头晕目眩的漩涡。这些古老的漩涡，从两千多年前李冰建成都江堰开始，它们就这样一个接一个地奔流而过了。可以肯定，如果不出意外，再过两千年，都江堰的漩涡仍然如此，一个接一个地奔流而过。只是，那时不一定还有南桥，也不一定还有站在南桥上眺望流水并发呆的年轻人。

漩涡看得累了，我坐在廊桥下的长椅上抽烟。我想，这辈子一定要写出伟大作品，就像陈老说的那样，如同古堰一般传之永恒。许多年过去了，我知道这几乎是不可能实现的梦想。但是，谁的青春没有梦想呢？或者说，没有梦想还叫青春吗？

4

如同李白和杜甫是唐诗天空的双子星座一样，作为景区的都江堰与它毗邻的青城山，同样也是双子星座，人文与自然的双子星座。仁者乐山，智者乐水，在都江堰，仁者和智者都可以找到自己的心头好。不过,我踏上青城山的崎岖山路,要比凝视都江堰的漩涡晚得多——差不多要晚整整十年。

那是一个暑气蒸腾的夏天。

那时候,我于三四年前第二次从自贡漂流到成都,先后在几家媒体从业,后来又辞职在家,做一个自生自灭的自由撰稿人。暑假,成都大热,一个网友在BBS上介绍说,青城山景色清幽,十分凉爽,甚至晚上还要盖被子。于是,带着老婆孩子,一家三口坐了几个小时公交车,顺着都江堰一侧曲曲折折的盘山公路,我们进入了群峰深处的青城后山——几匹山峰之间,有一小片平地,搭起一些积木似的房子,叫泰安镇。

青城后山果然凉爽。民宿楼下,一条清澈的小溪彻夜喧哗,碧水打在石头上,破碎成无数晶亮的银子,散发出沁人心脾的凉意。坐在阳台上喝茶,望远山,看清溪,大半个下午便在无所事事中快乐地过去了。第三天,李君夫妇和陈君一家三口也趁周末来到青城后山。三家八口,晚餐的酒桌便热闹起来。几天后回成都,途经都江堰,我决定顺道去看看陈老。

陈老的家在一个老旧小区,似乎是从前那种由单位集资修建的宿舍。几栋七八层的楼房,亲亲热热地挤在一起,围出一方小小的庭院。几株树矮矮地伏着，树与树之间缠着铁丝，晾晒着衣服、被子，风来，便迎风招展，如同大模大样的旗帜。陈老坐在靠墙的沙发中间，面前的茶几上放着书报、纸笔，以及一个放大镜。

这是我们第二次见面。他的视力不行了，但思维清晰。他说，我一直关注你的创作，很为你这些年的成绩高兴。末了，又说起几年前的往事——就在我参加玉垒诗社笔会次年，经张新泉先生推荐，我借调到《科幻世界》。然而，一年借调期满，却没能像之前预期的那样由借调而正式调动。

尤其严重的是，因借调，我已得罪了原来就职的工厂，工厂便勒令我要么辞职，要么回去上班。那时候，一个正式单位对普通人而言，乃是必不可少的安身立命之必需。我只有回自贡。然而，回了工厂，却被发配到车间做工人，需要通过体力劳动换取每月三百多元的工资养家糊口。

不知道谁把我的情况告诉了陈老。陈老很着急，他先是写信来询问，我如实告诉了他。有一天，我正在焊花飞溅、行车吱呀的车间里挥汗如雨地舞动锤子时，有人喊我接电话。电话是分机，噪声甚大，尖起耳朵，我终于听出对方是远在都江堰的陈老。

不知道他如何查到了车间的分机，又通过总机把电话打了进来。他说，他收到我的信，知道我的近况，非常着急。他又说，你是人才，不应该在车间里被埋没。我已经找了都江堰的有关领导，向他们郑重推荐了你，希望把你调到都江堰来。你看你愿意不？我急忙表示：愿意，愿意，非常愿意。

第二次见面时，陈老说起这段往事，犹自有些自责。他说，我年纪大了，人家表面也尊重我，但不听我的。我想到你在车间里受苦，心头就难受。

从陈老家出来，走到楼下的庭院，回头看时，陈老还站在阳台上，微笑着招手，像一株风中的老树。

那天中午，我们在距陈老家不远的一条小巷里，找了一家四川人说的苍蝇馆子喝酒。三个男人都喝得有些高了。

其时，李君新婚才数月。但新婚并不总是如胶似漆的甜蜜，还有两个原本独立的人被一纸婚约绑到一起后必须经历的磨合——这磨合，包括了摩擦、忍耐、宽容和妥协。大约对我们没完没了的泥饮不满，李君的妻子有些生气。仗着酒意，李君拍了桌子。然后，两口子在酒楼里大吵起来。

需要说明的是，李君的妻子比较强势，他们结婚典礼那天，小两口因为一点琐事争吵,她甚至当众给了李君一记耳光。这场大吵的结果是,李君的妻子赌气走了,留下李君蹲在酒楼边的一株银杏树下哭。他的身旁,有一座小小的花台,花台里,刚刚开放的绣球花蓝中带白,圆形的花球在微风中晃动,像在为他的哭泣伴舞。

那时候,我和陈君都认为,李君和他新婚妻子的婚姻长不了。可能三个月,可能半年,他们一定分手。那时候,我和陈君的女儿都快十岁了,夫妻和睦,相敬如宾。我们同样认为,我们是不可能离婚的。然而,世事茫茫难自料,几年后,我和陈君先后离了婚。而我们并不看好的李君和他的老婆,他们一直在一起,到今天,已经有两个十来岁的儿子了。

5

南桥东西两岸,沿河多是餐馆和茶铺。坐在临窗的桌前喝酒,一种把酒临风其喜气洋洋者也的感觉油然而生。南桥西岸偏北,紧邻河道处,有一座古色古香的园子,也是一家酒楼。酒楼的最大特色,是将餐桌摆放到了楼下临河的岸边。那是一截断头路,没有游人过来,几株粗壮的银杏,春夏时叶片青青,秋冬满树金黄,恰与几丈开外深碧的流水形成鲜明对比。

夏天的夜晚,在南桥边的酒楼饮酒,显然是人生一大快事——当我二十六岁时第一次凝视南桥下那些令人头晕目眩的漩涡时,后来酒肉飘香的酒楼,还是某个文化机构的办公室。至于后来一家挨一家的餐馆茶铺,那时候,大多数还是开门见水的民居。至多,民居前宽阔的人行道旁,会有三两个老人坐在自家藤椅上说闲话。

在南桥之滨的酒楼,一边饮酒,一边闲话,一边听满耳流水,同样和陈老有关——不过,就像之前在都江堰参加过的所有酒局一样,他从不出席。他说他年纪大了,心有余而力不足。你们吃高兴,喝高兴,我就不奉陪了。

那一年,陈老发起召开一个会,好像叫老年文学研讨会。老年文学,是陈老八十岁以后在玉垒诗社外的另一项核心工作。他不仅率先提出了老年文学,还办了一个内部刊物,就叫《老年文学》。那时我才三十多岁,离老年尚差十万八千里,他却很隆重地写信向我约稿。他说,你是年轻人,你来谈谈你眼里的老年文学吧。

老年文学研讨会的来宾更多,足有一百好几。海内外均有作家、学者参会。我坐在一群白发苍苍的老先生、老太太中间,年轻得很扎眼——开会的一百多人,年龄加在一起,恐怕有一万岁。所以,我和诗人杨然开玩笑说,这是一次万岁大会。于是,就像多年前参加玉垒诗社的笔会那样,我又一次溜会了。

我去找刚认识不久的一个朋友。朋友姓何,我称他何兄,在都江堰某政法部门做领导。此前的一次酒局上,我们恰好邻座,相谈甚欢,把盏甚欢,于是互留了电话。何兄的晚宴,就安排在南桥边那座古色古香的酒楼里。流水滋润的城市,最拿手的美食一定是鱼。都江堰也不例外。油炸小虾、红烧鲢鱼、藿香鲫鱼,诸种来自水中的美食,满满摆了一桌。

何兄好酒,且善饮。这一点,我在之前那次聚会上即已领教。而我,多年以来,似乎也有着好酒的江湖传说。总之,两个好酒的人聚在一起,又是这样的美食,又是如此的美景——窗外,一株巨大的黄桷树亭亭如华盖,树下,便是刚从宝瓶口流过的内江,急流奔腾,一个接一个的漩涡此起彼伏,正像那首歌唱的一样:一波还未平息,一波又来侵袭。雷鸣般的水声中,我们相对把盏,你一杯,我一杯。喝到兴头上,何兄推开窗,指着夜幕下已经看不清的河面说:开窗对准宝瓶口,一个漩涡一杯酒。你说,这是不是诗?我说,这是诗。真的吗?真的。因为有这样的美景,这样的美酒,这样的美食。所以,它必须是诗。

说罢,我和何兄一起哈哈大笑。

那晚,我和何兄都喝得大醉,怎么散场的,怎么回酒店的,都记不得了。

我记得的是一个细节。七八分酒意时,我们走出房间,站在走廊上,深沉夜幕下的流水更加声势浩大,如同时代滚滚而来的急流,不可阻挡地向前再向前,而我们这两个喝得醉醺醺的饮者,就是这个时代的旁观者了。乘着酒兴,我干了一桩如今看来有几分荒唐的事——我对着夜色下的流水,撒了一泡尿。撒完,又抽了一根烟。看上去,那一个接一个的漩涡,似乎已不像从前那样令人眩晕了。

大酒过后几个月,有一天,何兄来电:我调到成都了,在市里某部门任职。那以后,我们见面的频率明显增加。何兄是一个豪爽、热情的人,每过一段时间,他就会组织饭局——饭局上,有他的同事,有他的朋友,有他的同学,还有同事的朋友,朋友的同事,同学的亲戚,如此混乱而又个性、职业迥异的朋友,似乎完全不搭界。但只要何兄在,他的幽默与直率,总能让大家找到共同话题,并在愉快的觥筹交错中进入高潮。

6

岷江从雪山深处一路奔流而下，在都江堰——我说过，我更喜欢它的旧名灌县——被李冰天才地用"深淘滩，低作堰"的方式，分为外江与内江。南桥，便是内江第一桥。而后，内江一分为二，是为柏条河与蒲阳河，它们从成都城区西北而来，一分二，二分四，裂变出越来越多的支流，像血管，密集于肥沃的成都平原。其中，流入成都城区的两条，一条称为府河，一条称为南河，合在一起，称为锦江。与它们相比，浣花溪是一条微不足道的小河，宽不过数十米，深不过四五尺。但是，这条注入南河的小溪，却因流过杜甫草堂并进入杜甫诗篇而永垂不朽。

我与陈老的又一次相见，便是在浣花溪畔。这就是前文所说的，陈老的九十寿宴。记忆中，那一天陈老似乎身着唐装，在儿孙们的陪同下，与前来祝寿的宾客寒暄。深秋的阳光刺破云层，照耀着院子里一盆盆开得正旺的菊花。我挤在人群中，向陈老拱手致意，祝他健康长寿。赠送他的对联，由书法家杨宗鸿书写。我和一个朋友将对联展开，呈到他面前。陈老认真地看，看了，认真地微笑。至于那本都江堰方面为他编印的纪念文集，来宾人手一册。

那天，陈老又一次说起旧事——看得出，他一直对当年没能把我从自贡的车间里解救到都江堰有些耿耿于怀。据我所知，陈老曾经先后帮助过好些像我这样的文学青年——包括我寄稿的马及时，以后晚一辈的刘春、王国平等人，都受过他的恩惠。从这方面讲，陈老身上有着曾经浓厚如今稀薄的古风——平生不解藏人善，到处逢人说项斯。在古人那里，这是一种想起来就深感温暖的品格，而今却渐渐地稀了，少了，难以寻觅了。

闲谈中，我记得给刘春打了个电话。刘春本是广西人，从桂林考到都江堰的一所中专——不是李家老三的林校，而是轻机校。在都江堰，这个乡下孩子开始学习写诗，加入了陈老的玉垒诗社，并在一些文学刊物发了作品。而这，也改变了他的人生——按理，他本应分到印刷厂做工人，因为文学，因为诗歌，他被分到报社做编辑，以后渐渐操练成著名诗人。如果追根溯源的话，陈老是改变他的命运的主要推手。

和刘春说了些什么早忘了，唯一记得一个细节。其时，我们正坐在阳光大好的院子里喝茶。我向陈老转达刘春的问候时，陈老操着一口浓重的都江堰口音说：喊他回来耍，喊他回来耍啊。

几年后,又一次参加都江堰的文学活动——其时,年过九旬的陈老深居简出,不再出席这样的活动了。活动结束后,我与马及时、王国平去看望他。还是从前那座我去过的老房子,只不过,十来年过去了,房子愈加破败、衰老,唯有庭中的银杏,愈发粗壮。抬起头,满树青色的叶子,生意盎然。那时候,陈老的身体已不太好了。他还是像从前那样,安静地坐在沙发中间,沙发前的茶几上,几年前摆放的书报、纸笔和放大镜不见了,取而代之的是一些乱七八糟的药瓶。他看到我们进门,听到我们大声问候,想要站起来。家人制止了他,他只好屈了一下身子,换个姿势坐下。

不久,陈老以九十九岁高龄告别人世。这是意料中的事,他毕竟已经九十九了,虽然没能达到意味着圆满的一百岁,却也是罕见的高寿。他的人生,用他的话来说,没什么遗憾的了。要说有遗憾的话,他觉得他真正的作品没有写出来。但其实,人生在世,有一些作品是永远无法用文字写出来的。就像舒婷诗歌说的那样:也许藏有一个重洋,但流出来,只是两颗泪珠。

何兄的告别,却如此意外,又如此猝不及防。今年春节的一天,我带着家人在青城山度假。早晨,被一阵鸟啼从睡梦中叫醒，那本是舒适而慵懒的一天。然而，就在洗漱完毕打算下楼吃早餐时，手机铃响，显示收到微信。漫不经心划开一看，立即呆了——是我的朋友，也是何兄的同事老王发来的。老王说，何兄今天早晨走了。大吃一惊，因为，就在两天前，何兄还给我发过一个搞笑段子。怎么说走就走了呢？电话打过去，语调悲痛的老王证实了。

三天后，是何兄追悼会，不过，由于老王把时间搞错了，等我赶到殡仪馆时，追悼会已经结束。宽阔的大厅空无一人，只有门口的水牌上还写着"何×同志追悼会"的黑字。那是一个阳光灿烂的春日上午，花开草萌，高大的银杏又吐出了柔嫩的绿叶。阳光把树影投进大厅，地上满是斑驳的影子，宛如梦幻。我在大厅门前站了半晌。我想起了南桥下的流水，想起了那些令人眩晕的漩涡。逝者如斯，不舍昼夜。两千年前那位大哲，他发出如此这般的感叹。我想，他一定看到了漩涡。一个接一个的漩涡。

何兄去世后，我们共同的一个朋友发了一条颇为伤感的朋友圈：不想睁开眼，似乎就一切都没发生，一切依然……我说从此以后你留给我们的只有一个名字了，他们说还有快乐、欢笑，还有教诲、期待，还有你串在一起的朋友们……你把欢乐留给了他人，而你内心所承受的只有你自己知道。你一路走好，天堂没有痛苦。

此刻，当我从朋友圈里抄下这段文字时，何兄恍惚在眼前，端着酒杯，笑吟吟地看着我们，而他身后，是从宝瓶口直泻而下的滚滚流水，带着冰川与雪原的寒意，带着一个接一个的漩涡。这流水，不管人间的忧愁与欢乐，只管向着既定的前方，不舍昼夜地前行。

逝者如斯，如斯啊。

7

站在成都西门一带的楼顶面西遥望，能够望见都江堰境内连绵的群山。一马平川的成都平原铺陈到都江堰附近，陡然隆起的山峰成为从平原向高原抬升的一级级阶梯。成灌高速、成青快速，以及更多不知名的道路，将成都城区与都江堰紧紧相连。

随着陈老去世和马及时退休，都江堰的文学活动几乎与我绝缘了。不过，每年总还要去三两次，无一例外，都是一家人去休闲。我喜欢都江堰流水的浩大深沉，也喜欢青城山峰峦的幽静苍翠。在都江堰城区与青城山之间，有无数民宿和酒店，还有各种令人食指大动的美食——它们就潜伏在路边的农家乐或度假村里。

  尽管相距只有几十公里,上风上水且有群山与流水保卫的都江堰,空气要比成都城区宜人得多。有一段时间,每逢城区重度污染,我就会带上妻儿奔向都江堰。我在酒店或民宿里读书、写字,在农家乐或度假村吃饭、小酌。想起几年前那些呼朋唤友、大块吃肉、大碗喝酒的旧时光,似乎已经很遥远,遥远得有些不真实了。可它们又的确是曾经的昨天,刚刚逝去的昨天。

  春天的一个夜晚,饭后,我再一次来到南桥。横跨内江的南桥,灯火阑珊,人迹稀疏。春夜的风很烈,尤其从宝瓶口吹来的风,更是裹挟着一股股令人忍不住打个寒战的凉。我站在南桥上,望着脚下的流水发呆。我想起那些旧时岁月,那些和都江堰有关的旧时的人、事、情。逝者如斯,当他们全都像脚下的流水一样远去,其实,我知道,他们并没有远去,他们将以另一种形式重新降临这方温暖苍凉的大地——正如这流水,当它奔流到海,它将被蒸发,它将变成云朵,它将化作雨水,它将汇聚为山间清流的小溪,它将再一次注入这同一条河流。

  故事结束的地方,也是故事开始的地方。

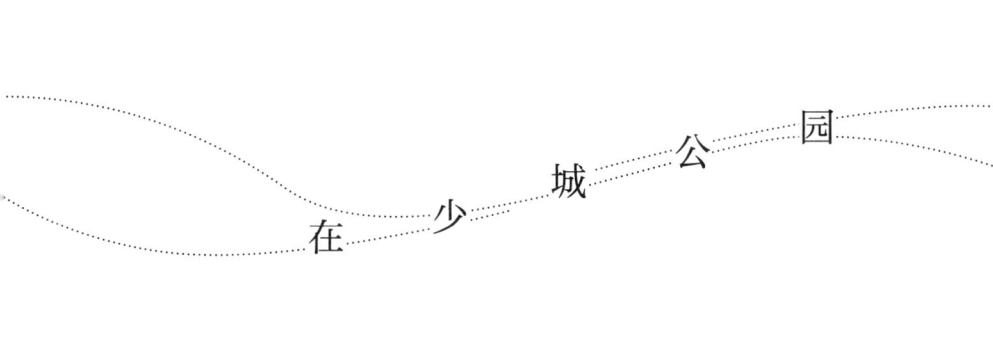

在少城公园

1

十月，菊展如期举行。菊园之上的那角天空，似乎也变得比其他地方稍微明亮、温暖。这是阴郁的成都秋日，每一寸虚空似乎都在吞噬光亮，孕育雨水。十数日不见太阳，差不多让人忘记了它的存在。没有太阳的日子，如期开放的菊花和如期举行的菊展便是一种安慰和补偿。积雨云霸占的天空被五颜六色的花朵擦得明了一些，亮了一些。

我又一次在园子里散步，远远地，遥望着菊园。但我并不打算走进去。我只是一个匆忙的过客。我看到，好几个套摄影背心的男子，或长发，或光头，胸前一律挂着枷锁一样沉重的相机，骄傲地从各个角度拍那些花。还有两个妖冶的模特儿，在菊花前夸张地摆出各种销魂的姿势。

我只远观。就像一个人站在遥远的山顶，远观山下的城市。繁华似乎伸手可及，却又永远够不着。

菊花盛开的地方，叫人民公园——从前，它叫少城公园。

人民公园这名字太普通，普通到好多城市都有。少城公园却只此一家。在成都，在成都老城区的中心。

所以，我喜欢把这片草木葳蕤的园子，叫作少城公园。

2

当我第一次走进少城公园时，它将近一百岁了。早在1911年，也就是我的祖父13岁，而祖母还要等两年才出生的那一年，政府在旗人居住的少城一角，辟出了一方近两百亩的土地建为公园。一开始，用它来解决失去了国家补贴的旗人的生活问题。

从地图上看，少城公园就像一只丰满昂首的鸟儿。鸟腹接近尾巴的地方，有一汪不大的湖。湖的北岸，有一家著名的茶馆：鹤鸣茶社。有关资料介绍说，20世纪20年代，大邑县一个姓龚的生意人到少城公园踏青，他看到公园一角溪水环绕，绿树成荫，于是在此修建了一座具有川西风格的亭式厅堂建筑。这一厅堂建筑，很快开成茶馆，取名鹤鸣茶社。营业至今，已经有好几代茶客坐在绿荫之下、湖水之畔的竹椅上，消磨了生命中或轻或重的岁月。

还没借调到成都前，我就知道成都有一座少城公园，少城公园有一家鹤鸣茶社。那是父亲订的《龙门阵》告诉我的。父亲也曾是个文学青年，长年订了《作品》《四川文学》《电影文学》《龙门阵》等刊物。

《龙门阵》上的文章说，历史悠久的鹤鸣茶社，既曾是成都袍哥们吃讲茶的地方，也是川大等大中学校教师的聚会之地。由是，第一次被人约到鹤鸣茶社喝茶，我隐隐然有一种小兴奋。

约我的是一个书商。我跟随他走进公园，穿过绿色而幽的小路进入鹤鸣茶社时，举目四望，没看到想象中手臂上文着龙虎的袍哥大爷。我只看到一群和我一样普通的人，各自一张竹椅，或三五成群，或一二相对，坐在四方的茶桌前。唯一独特的是一个打扬琴的艺人，半闭着眼——后来才发现，他不是真的闭眼，而是盲人。他面前放着一只破旧的小盆，盆子里，茶客们扔了一些散碎银两——大多是一块两块，也有三两张五块的。当那个孱弱的少年捧着小盆走到我们面前时，书商唰的一声拉开真皮公文包，从里面抽出一张红色的百元大钞扔了过去。扔的动作有些轻浮夸张——一如多年后我在菊展上看到的那些摄影背心牵着的妖冶女子。

书商的举动引来了旁边茶客的关注。一个手捧盖碗小口啜茶的老头，从喉咙深处模糊不清地吐出三颗字：大老板。书商听了，冲老头挥挥手，那样子，像明星面对粉丝。那一刻，我开始相信这个经朋友介绍初次见面的人。紧接着,他大谈他的生意,用成都话说,都是一些海生意。——后来我才知道,其实他最主要的业务就是与出版社合作,"助"文学青年、文学中年和文学老年出书。

书商约我,要我在两星期内赶写一本书。那年,省上某个要害部门打了一次假,但被打的厂家不服,把要害部门告上了法院。那时,民告官还是极为少见的稀奇事。成都几家报纸,天天在显著版面刊发连续报道。这一事件,便成为彼时成都人茶余饭后的重要谈资——事实上,我们在鹤鸣茶社坐下来不到五分钟,就听到旁边至少有两桌人在热烈讨论。

"我们要抓住热点,以最快速度创作出版发行。能找到的材料,我都带来了。你文笔好,又来得快,我给你三个星期,不,两个星期,你写十万字就成。"书商转动着盖碗茶的茶盖,像一个正在布置战役的指挥员。

见我还在犹豫,他唰的一声又拉开公文包。这一回,他掏出的不是一张而是一叠百元大钞。他伸出食指,在茶碗里蘸了点茶水开始数钱,一二三四五,数到二十,他把二十张红艳艳的人民币拍到我面前:"这是两千,你先拿着,算是我的预付。写完了,再给你三千。出版了。再给你五千,一共一万,你看如何?"

我刚漂流到成都,借调到一家杂志社,一个月工资一千五左右,算不错的收入了。一万元,相当于我半年工资。面对红色而性感的钞票,我没法不怦然心动。

我喝了一口茶。茶是当年的清茶,有一股涩味儿。

这时,一个敲着铁夹的女子走过来。那是成都的特有行业:采耳。也就是帮人掏耳朵。书商叫住女子,女子一手稳住书商的头,一手捏了长长的铁夹,伸进他腊肉一样焦黄的耳朵里,娴熟地掏,掏出老大一坨耳屎递给书商。书商惬意地歪着嘴:好,很好……

接下来两个星期,白天,我在杂志社看稿;晚上,我在出租屋熬夜写书。两个星期后,眼睛红得像兔子时,书商派人来取走了书稿。不过,没有说好的三千块。书商说,我在出差,在首都北京出差——他的重音咬在了首都上。书出版了,我把余款一并给你。

两个月后,我和书商又一次在鹤鸣茶社见面了。书商垂头丧气地说,选题没有批下来,书出不了啦。什么?我一下子站了起来。你别激动,他说,我比你还着急,但确实没办法。剩下的七千块稿费,只有以后再说了。我给你带了一些书,送给你。

十多分钟后,书商借着上厕所溜了,留下茶桌对面那碗还在散发热气的茶水和一大摞书。我好奇地打开那摞书，全是他近些年为人编的协作诗文集。后来，我把这摞书提到厕所，扔在尿槽边，就像埋了一枚地雷，做贼心虚地扬长而去。

3

第三次走进少城公园，已是十年后。

那时，距我再次从自贡到成都也有六年了。

六年里，我打工的报刊离少城公园很远，是以六年之久，竟然再也没有跨进它绿荫深拥的大门——倒是骑车或坐车经过了好多次，每一次，都会想起鹤鸣茶社，想起那位清瘦的书商，他说话时微微扬起的下巴与胡须，以及动不动就喜欢拍人肩膀的爱好。当然，更缅怀那杳如黄鹤的七千块钱。那时，成都的房价大多才两三千。七千块，差不多可以买小半个厕所了。

十年后再度走进少城公园，园子依旧是从前的格局，只不过树木更加苍翠古老。我甚至极其疑心，鹤鸣茶社里喝茶的，小广场上跳舞的，树荫深处埋头读书的，可能依然是十年前那群人。十年前，他们于我是一些陌生的一晃而过的脸孔；十年后依然如此。我便无法从他们的脸上发现岁月倏忽而过时留下的或深或浅的痕迹。

不过，我没有到鹤鸣茶社喝茶，我是到少城公园散步的。

我上班的公司就在距少城公园只有几百米的大业路。午饭后，信步穿过两条街，便折进了公园。市声远了，喧嚣散了，看看湖水与树木，心中便有一分难得的宁静。

这么说，因为彼时的我需要宁静；或者说，因为彼时的我置身于烦躁中。

我受邀主持一家文化公司，文化公司最重要的业务是编辑出版一本专业杂志——《兰界》。

那是一个兰花疯狂的时代。一株稀有兰花，曾被炒到几百万的天价。养兰人最多的四川、云南、贵州等省，大多数县市都有兰花协会，都有几十个或几百个兰花大户，建了专业的恒温恒湿兰园，安装了与警方相通的报警系统。有一年，四川某地发生过一起入室抢劫杀人案，抢劫目标就是兰园里的两盆天价兰花。

修身养性、陶冶情操的兰花一旦被炒起来，就成了博傻游戏的中介物。中介物其实并不重要，虽然它被炒到几百万。说到底，它之所以被标价几百万甚至顺利成交，不是它本身真有如此高的价值，而是作为中介物被买卖双方共同炒作的结果。

《兰界》不炒兰花，定位为兰花宣传平台。我曾打过一个比方：如果说炒兰花相当于赌场里豪赌，我们这个杂志，就相当于在赌场外面卖盒饭。无论人家赢多少输多少，我们都不会下场去赌，我们只赚盒饭钱。

十年后又一次走进少城公园，正好和《兰界》有关。杂志每期封面都会推介一位兰界大佬。当然，需要大佬付费。这一期，拍封面人物时，我想到了离杂志只有几百米的少城公园。少城公园本就有一片兰园。不过，里面养的都是大佬们不屑一顾的大路货。

少城公园的某一角落，银杏叶子还未泛黄，朴树刚结出小小的果实，菊花却提前开放了。我们带着这位兰界大佬养的几盆兰花做道具，反扣着帆布帽子的摄影师指挥大佬摆出各种姿势——虽不风骚，很多年后，当我面对菊展上的模特儿时，仍然无端地想起了那位矮胖的兰界大佬。

兰界大佬们大多没什么文化，染指兰花前，他们有的是包工头，有的是酒楼老板，有的是洗浴中心股东。爆炒的兰花在短时间里给他们带来了意想不到的巨额财富。从天而降的财富就像从天而降的陨石一样，既可能为你带来喜出望外的异星礼物，也可能正好砸在你头上。后者的概率，似乎还要高一些。

那些年，因为这本杂志，我接触了不少兰界大佬。他们的生活方式令人惊奇：有的人一天要进三次洗脚房，每次要两个小姐洗脚，高兴了，随手拿出一沓百元大钞抽几张做小费；有的人在五星级酒店包了套房，三天三夜不下火线打麻将；有的人，酒桌上话不投机，为了比富，各人拿出几叠人民币往窗外扔……

这些令人烦躁的讯息过多，便渴望一份宁静。如同太阳当顶的暑天，渴望一瓶清凉饮料。少城公园庶几如此。中午一个多小时，有时，沿着小路散步；有时，找一张浓荫掩映的椅子坐下来，信手翻几页书。大半年下来，我熟悉了这座偌大的园子，它的每一条小路伸向哪里，它的每一株大树什么时候枯叶凋落；甚至，以园为家的鸟雀，它们也如同走散多年的老亲戚，仿佛每一声鸣叫都饱含着劫后重逢的惊喜与心酸。

主办杂志的公司，本小力微，二十来号人，总投资不过百把万，真的有些捉襟见肘。并且，民营公司没有刊号，杂志就得找那些有刊号的期刊合作。合作并不顺利。其中一家，已经签订了协议，然而，就在新一期刊物已制作好要送印刷厂时，对方负责人突然反悔了——那是一个和书商一样瘦弱的戴眼镜的男子，电话里总是自称张总。

这种抽吊桥的做法自然令人生气。那天中午在少城公园散步时，远远地望见鹤鸣茶社，我想，如果是几十年前，我们一定会把他请到这里吃讲茶。说得脱,走得脱;说不脱,免不了抓起茶碗,把一盏热茶泼到他那张二指宽的篾条般的脸上。当然,我也只能书生意气地想想,用这种意淫消消气——半圈步散下来,已打了好几个电话,终于又敲定了另一家可以合作的杂志。下午,去签合同。

宣传兰花的杂志有好几家,我们这一家,用客户的话说,乃是"兰花界的《时代周刊》",算是办得最好的。一度,倒也生存无忧,每个月都要举行一场二三百号兰友参加的大会。吃喝拉撒,都由我们负责。

急转直下是一年后的那个秋天。起因则是央视的一个连续报道。央视的连续报道毫不留情地批判兰花炒作。报道一播出,兰花价格就像奔流到悬崖上的河流,立马狂泻不止——原本可以买一辆奥迪的名兰,一夜之间,跌到了买一辆奥拓都是奢望。不少兰花大佬竞相抛售,于是又引发了更疯狂的跌价。饥不可食寒不可衣的兰花,被炒到应有价格的几百倍上千倍,这本就不是正常现象——然而,一旦让它正常,不少人却要倾家荡产。这就是炒作的恶果。兰花也好,其他东西也罢,殊途同归。

皮之不存,毛将焉附?杂志本是建立在火热的兰市基础上,兰花价格从九霄跌到九泉,哪还有大佬愿意做广告或是争当封面人物？

散步时，我坐在公园一角的湖岸抽烟，一边抽烟一边想：看来，得重新找工作了。

严格说来，那段时间的烦躁，并非全与工作有关。自从辞去体制内的铁饭碗，换工作，于我来说已是家常便饭，完全不值得有多么烦躁。

烦躁的真正原因来自家庭——那段时间，就像优柔寡断的哈姆雷特反复念叨"生还是死是一个问题"那样，我也在反复念叨"离婚还是不离是一个问题"。是的，十几年的感情走到了破裂边缘。我和妻子是高中同学，虽不算青梅竹马，却也知根知底。然而，结婚十多年来，家庭的诸多琐事，性格的诸多碰撞，一再爆发婚姻危机。我记得，女儿两岁时，我们曾在一场争吵后前往民政部门办离婚手续。负责办手续的大姐是我妈的朋友，她坚决不肯。逼急了，她说，你把你妈喊来，我就办。

这一年，女儿已经十二岁了。危机再次降临。其实我们都明白症结在哪里。她怨我交往过多，经常呼朋唤友，大吃大喝，当然免不了也有女性朋友；而我不满她总是小题大做，有过于强烈的控制欲。虽然都知道症结在哪里，但当大家都不愿意去反省去改正去适应的时候，也就标志着感情被判了死刑。

那段时间，我喜欢加班。这样就有一个十分正当的理由不回家，尤其是不回家吃晚饭。有饭局，我都愉快地答应并参加，哪怕饭局设在那时还很遥远的华阳或龙泉。没饭局，有时我自己组一个。有时，一个人最后离开办公室——街灯都亮了。我信步走到少城公园对面那条小街。那里，有两栋古旧的木楼，可能是20世纪四五十年代甚至更早些时候的遗存。其中一间，叫老妈蹄花。炖得又软又糯的蹄花，在青椒蘸水里一滚，用以佐酒，滋味可人。尤其是在那种寒冷的冬春之夜，再喝几口油油的浓汤，浑身都热乎起来。

冬天即将过去，春天尚未到来的一个夜晚，天上撒着盐粒般的小雪。我独自喝完半瓶红花郎，吃了两碗蹄花汤后，还不想回家。从店里出来，穿过那条两侧挤满梧桐的小街，又一次折进少城公园。

寒冷的雪夜，公园异常清寂，昏黄的路灯把树木沉重的阴影钉在潮湿的草地上，小颗的雪花不依不饶地从天而降，用了大半天工夫，终于将草地上的枯草点得灰白，灯光下，有一种不真实的幻觉。湖里，不知什么水鸟在发出孤独的长鸣，其间夹杂着远远传来的汽车的急驰声与喇叭声。

坐在长椅上抽了一支烟，起身离去时，却听到邻近的亭子里，有一个年轻男人在哀哀地哭。走过去一看,的确是一个年轻男人,跪在泥泞的地上,拉着一个年轻女子的手。年轻女子已从长椅上站起,正准备扬长而去——看来,他们到这雪夜的少城公园,是准备宣告一段感情的结束。不过,男子不愿意结束,他一边哭一边用含糊不清的声音哀求:我可以为你去死,你不要这么绝情……回应他的,却是女子鼻孔里的一声"哼"!

头脑一热,我竟冲上去,给了那男子一巴掌,然后一把将他从地上拖起来。他惊恐地挣扎着:你要干什么?干什么?我说:滚回家去吧,别在这里丢人现眼。

松开男子的衣领,他立即风一般地往公园大门冲去,而他刚哀求过别分手的女子则朝公园的另一道门走去。在两道门之间的小径上,在越飞越密的雪花中,我放声大笑,直到笑出眼泪……

4

少城公园东侧,与车来车往的东城根街垂直相交的是陕西街。陕西街西端,藏着一座古色古香的院落。那里,曾是陕西籍商人的会所,名为陕西会馆。如今,则是一家酒店。酒店一楼,长廊回合,曲径通幽,花木映衬下,显得十分雅致。这雅致的地方,也开了一家茶馆。

认识C大哥,便是在陕西会馆。C大哥长我四五岁,平头,唐装,脚上是一双做工考究的布鞋,脸上总带着浅浅的笑,一副与人为善的样子。不过,据介绍我们认识的老谭说,C大哥是一个社会人,手下有众多兄弟。早年,一言不合,他就拔刀捅翻三四个人,在里面待过好些年。"里面"二字,老谭用了重音。我知道,那是说监狱。如今,C大哥倒是一个纯粹的生意人了,开了一家餐饮公司和一家很大的KTV。

和C大哥在陕西会馆偶然认识后,互相留了电话,也没什么深入交流,完全就是萍水相逢而已。

没想到,一个月后,我们却不期而遇。

少城公园里,耸着一方纪念碑。碑体正面是隶书大字:辛亥秋保路死事纪念碑。辛亥保路运动乃四川近代史上极为知名的重大事件。正是保路运动创造了条件,才有随后导致清朝垮台的武昌起义。可以说,没有保路运动,清朝或许不会垮得那么快,那么迅雷不及掩耳。

那段时间,我应约为四川中学生写一部乡土教材,而辛亥保路运动,自然是必不可少的一章。为了配图,我骑车赶到少城公园,径直来到碑前,打算拍几张照片。

正值清明节,纪念碑下放了些鲜花和花篮。拍照时,有人拍了拍我的肩膀——那一刻,我无端地觉得是十几年前那个爱拍人肩膀的书商,回过头,却是才认识不久的C大哥。C大哥身后跟着一个小弟,端着老大一只花篮。

一根烟后,我弄清了其中的关系:原来,C大哥的爷爷,就是当年保路运动的重要人物之一,并因保路运动而被清政府杀害。所以,每年清明,他都会为爷爷送上花篮。当我说起正在写作的乡土教材和其中的保路运动一章时,我明显感觉到,C大哥变得热情了。他拉着我,一定要和我喝两杯——十分钟后,我们坐进了陕西会馆二楼的包间。谈话很投机。原因之一是我们酒风都不错,用四川话说:耿直。更重要的原因则是,C大哥对四川近代史颇有研究,而我对此也不乏了解。

喝得有七八分酒意后,C大哥提议去他的KTV坐坐。那是一家曾经很有名的KTV,用他的话说,"妈咪"都有几十个。装修考究的大堂,在迷离灯光的映衬下,颇有几分纸醉金迷。他还没进门,经理和一班小弟已经迎了出来。接着,包间里,他又叫了一桌子啤酒、果盘和小吃。当然,还有两个陪酒的小姐。

此后一段时间,C大哥隔三岔五地约酒。有一次,他偶然听我说起兰花杂志可能难以为继的事后,当即拍着胸脯说,他可以拿出两三百万,投资做一家杂志。兄弟,还是你来操盘,我当董事长,所有经营都交给你,你来组团队。

C大哥的承诺让我一度看到了希望。我不只是一个人,手下还有一帮兄弟,李华、印子君、田勇,都在《兰界》。然而,意外的是,几个月后,C大哥就像消失在大海中的一滴水那样消失在了人海——最初,我以为他在忙生意,没时间约酒约茶;后来,实在忍不住,拨了他的手机,竟已停机;去那家KTV,正在停业装修,且换了名字——不用说,老板也换了。

总而言之,神秘而高调的C大哥就像夏日里的一场急雨,来得突然,去得也突然。人间的残酷在于,一个人,无论他曾经多么炙手可热,一旦离去,遗忘便是注定的事。人一走,茶就必然要凉。渐渐地,我忘了C大哥,忘了他给我讲述过的他的从打打杀杀开始的成功之路。

那时,我不会想到,多年以后,我们还会重逢,而重逢之地,竟然还是少城公园,还是保路运动纪念碑下。

5

我说过,那时候,我热衷于各种饭局,当然还有饭局后的各种夜场。清吧、迪吧、KTV、洗浴中心，我都是常客。犹豫要不要离婚那半年更是如此。

我们常去的那家KTV，就在少城公园东侧的东城根街附近。

最初带我去这家KTV的是任胖娃。任胖娃来自川东某个出产红苕的穷县，和我一样，也是地道的穷人家孩子。少年时，从村里去上学，要坐船渡河。有一天，老师嫌他身上脏，喝令他站到船头去。寒风凛冽，他不肯，老师就生气地推他，他一不小心掉进了河里。幸好，船还没驶出，河水只淹到他大腿。全船都笑，那个长得最好看、经常走进任胖娃梦境的少女也笑。

任胖娃愤怒而绝望，他捡起水中漂来的一根木棍，敲在老师背上。

这一敲，他的学历就敲定在初一。

他把书包扔在船头，朝着公路没命地跑。公路上，他爬上一辆货车。货车一路南行，他爬了一辆又爬另一辆，一个星期后，他被货车带到了广州。在广州几年，因缘际会，他结识了一个经营了三十多年烤肉店的老人，老人视其为子侄，将技术悉数传给他。我认识他那会儿，他刚从广州回成都不久，开了两家烤肉店。不过，他是地道的甩手掌柜，烤肉店走上正轨后，他把日常管理全交给店长，自己整天呼朋唤友，酒肉歌舞，无比快活。

任胖娃的做派引发了他老婆的愤怒。他老婆与他都来自那个盛产红苕的乡村,性格倔强。有一天晚上,KTV偌大的包间里,几个朋友喝得有六七分醉意了——我更严重一些,已有九分醉意;任胖娃捏着话筒搂着一个小姐正在深情款款地唱"在雨中我送过你,在夜里我吻过你",包间的门突然砰的一声被撞开。我们一齐扭过头去,只见一个中年妇女气若雄狮地扑进来,手里悍然提着一把菜刀。不用说,正是任胖娃的老婆。

我们都吓呆了。任胖娃放下话筒,走到他老婆面前,伸出手,径直给了她一记响亮的耳光。他老婆愣了半晌,手里的菜刀哐当掉到地上,然后,捂着脸哭着冲出门去。大屏幕上,一男一女深情地在雨中热吻,伴以熟悉的歌词:只有默默地承受这一切,承受数不尽的春来冬去,啦啦啦啦啦……

尽管任胖娃劝大家继续唱歌,"不要理我那个瓜婆娘",但大家还是散了,"明天再约吧"。刚才热闹的KTV,一下子空了。而我,因为已有九分酒意,歪在角落的沙发上沉沉睡去。

醒来已是凌晨三点。是一个留齐耳短发的女子叫醒我的。我见过她几次,她是KTV的"妈咪"。当时,我应该知道她的名字——也不知是真名还是化名,但如今,早忘了。姑且叫她小A吧。

小A把我摇醒：哥，打烊了，该回家了。被她摇醒的一刹那，我有一种不知身在何处亦不知今夕何夕的迷糊。他们呢？我问。早走了。出了包间门，我才注意到，方才乐声四溢的KTV，此刻已悄无声息。小A将我送到门口，我准备打车。这时，她突然说：哥，我请你到对面吃碗蹄花汤好不？

于是，便走到几百米外的马路对面，一人一碗蹄花。酒，我本有九分醉意，即便刚睡了两三个小时，也还有七八分吧。小A说，还是喝点吧。她的工作就是陪酒，显然已经喝得不少了。但她说，今天是我生日，你陪我喝一杯吧。

不知不觉，一人喝下了两小瓶二锅头。门外下起了大雨，闪电划过，雷声低低滚过头顶，空气潮湿而暧昧。蹄花汤早就喝完了，酒瓶也空了，她还要酒要菜，我坚决制止了：不能喝了，再喝，我要吐。店里的客人早走光了，只有两个伙计，坐在柜台后打盹。小A突然嘤嘤地哭。我知道，干她们这个行业的，很多人都有一肚子苦水。我不知道如何安慰她，只好静静地把一张纸巾递给她。她抹了抹泪水，接着又哭。如是者三，终于不哭了。她开始向我倾诉——断断续续地，没有条理地倾诉；或者说，她本身是有条理的，但酒精作用下，失去了条理。她说，她来自川南某县——与我老家相邻，她手下只有四个小妹，所以她也坐台。只不过,不出台。她的儿子九岁了,在乡下跟着外公外婆生活。她说她想儿子。说着,掏出一张相片给我看——明显要比眼前更清秀的她,搂着一个同样清秀的男孩,站在一些怒放的菊花前。应该是去年少城公园菊展时拍的。她说,她有一个不成器的丈夫,好酒,赌钱,后来还染上了毒瘾。一开始,她不想儿子失去父亲,苦口婆心地劝说。但没用。她说,男人的心一旦走偏了,就是九头牛也拉不回来。于是,她只好离婚。去年国庆,她把儿子接到成都玩了几天。去了动物园,去了熊猫基地,也去了少城公园。然而,儿子回家后,儿子的奶奶却告诉他:你妈是个坏女人,天天晚上陪男人喝酒……说到这里,她又一次哭起来。

抽完烟盒里最后一支烟,雨停了,天空泛出了鱼肚白,早起的清洁工人已在卖力地清扫街道,长长的扫帚像在大地上流畅地写草书。一片寂静中,唯有它发出沙沙的声响。

我叫了一辆出租,把她送上车。然后,我走进了那片葱茏的园子。坐在湖水前的一根长椅上,天已经亮了,我也想通了一个最重要的问题:既然感情已经不在了,两个人再彼此折磨,就如同互相用上了膛的左轮手枪抵住脑袋。

不如离了吧。

6

与C大哥重逢已是五年后。那时,我早将C大哥遗忘得干干净净——不是说记不得曾经在一起的往事,而是说,寻常日子里,再也没有想起过他。

早春二月,妻子的预产期快到了,为安全计,提前几天住进了妇幼保健院。妇幼保健院就在曾经的《兰界》杂志租用的那栋写字楼背后,穿过两条小街,就是少城公园。因此,每天晚饭后,我们总会慢慢穿街过巷,走进公园,在园子里坐坐,看看。

有一天,当我和妻子从保路运动纪念碑前经过时,我听到有人在叫我。回头,是一个看上去有几分熟悉,却一下子想不起到底是谁的男子。男子见状,说,我是某某啊。几乎与此同时,我也想起来了:这不是几年不见的C大哥吗?

与几年前相比,C大哥胖了,也老了,不再像从前那样走路似乎也带着风,与人握手也像在比手劲。甚至,就连标志性的唐装加布鞋也不见了,而是一身极为普通的休闲装。难怪,一瞬间竟然没把他认出来。

递烟,他摇头,戒了。喝一杯?他摇头,也戒了。

然后，我用探询的目光看着他。他明白，我想知道他这些年的故事，包括他为什么突然消失，又为什么突然出现。

C大哥苦笑：那年，还说给你投资做杂志。没想到，我背后的一个领导出事了，我也被弄去调查。调查期间，我患上了严重的抑郁症，对什么都不感兴趣，天天琢磨如何去死。你肯定很难理解，我这么一个酒色财气的凡夫俗子，竟然对生活没兴趣了。可事情就真他妈这么荒唐。然后，我迅速关掉了所有公司，到北方一座寺庙出了家。半年前，我忽然又想通了，又想过从前那种凡夫俗子的日子了。于是，就还了俗。唉，出家时，我师父就断言过，你尘根未尽，早晚还俗。果不其然。不过，我也总算是做了整整四年清心寡欲的和尚，算是对我从前花天酒地的惩罚吧。

C大哥留下了新号码，他说，他现在每周至少有四个下午要到鹤鸣茶社喝茶。也不约朋友，就一个人随便坐坐。他说，你要是有时间，欢迎来喝茶。

C大哥走了，我还呆在原地。妻子问：他是谁，怎么有点神神道道的？我说：一个朋友，一个多年不见的老朋友。

三天后，妻子在距少城公园不到一公里的妇幼保健院生下一个六斤八两的胖小子。我给他取名聂晚舟。对,就是兴尽晚回舟的意思。兴尽了,也该回了。那是农历二月初三,成都的天空飘着细若游丝的春雨。郊外,油菜花开放得热烈喧嚣;少城公园里,经冬的草木还很羞涩,却都攒足了劲,等待春阳到来时的竞相生长。

我知道,旧日子结束了,新生活正在到来。

在蜀郡

1

那段时间,几乎每一个清晨,我都在鸟啼声中醒来。低沉的"咕—咕—咕",如同一根从窗外伸进的棍子,轻轻敲我的头,把我从或深或浅的睡眠里敲醒。

睁眼,被黑夜洗了一晚的天空出奇的蓝。邻居几乎都在熟睡。但我醒了,我被鸟啼敲醒了。我静静地躺在床上,望着白色墙壁发呆。

卧室外,有一株高大的朴树。朴树的某一根枝丫上,站着一只肥大的斑鸠,咕咕地叫,一心一意地叫。

穿好衣服,走过晨光扑洒的走廊和客厅,通往院子的门已经开了。站在半掩的门前,我看到,几步开外,父亲偎坐在藤椅上,手里捧着书。母亲不在,她趁着早晨空气大好,散步去了。

父亲背对着我。他读了几分钟书,有些疲倦,便把头靠在藤椅上。我猜,他应该闭上了眼睛。与此同时,我听到他发出一声低沉的叹息。那叹息,如同刚才睡梦里听到的斑鸠的咕咕声,同样让我有些心神不宁。

川中八月，素来炎热。那年却相当清凉，隐隐有了秋日迹象。父亲脚边的花盆里，几株菊花开了，金黄得有几分轻浮。而他头顶的葡萄架上，葡萄原本碧绿的叶子正在枯萎。更远处，一株枝繁叶茂的含笑，形如巨伞的树冠，遮住了围墙外的市声，也遮住了汹涌澎湃的晨光。

父亲听到脚步声，缓缓扭了一下头，没说话。他把书放到一侧的秋千上。那秋千，安放在院子里九年了——这么说，是我从市中心搬到城南的蜀郡，已经九年了。记得，刚搬来时，父亲看到秋千，有些兴奋，也有些腼腆地说：让我坐坐。他坐上秋千，轻轻摇了一下，立即大叫：头好晕，好晕。而今，九年过去了，编织秋千的仿藤由白变黄，有了岁月的痕迹。原本掩映秋千的一株三角梅也在两年前枯死。秋千的背面，有一只小小的蜘蛛，织了一张小小的网。

半掩的大门吱呀一声推开，母亲散步回来了。她走到父亲面前，关心地问：今天怎么样？

父亲闷了半晌，吐出三颗字：差不多。

母亲不说话，她走进厨房，端来早餐。

父亲喝了半碗粥就放下了筷子。母亲要他多吃点，哪怕再吃半个鸡蛋也行。父亲忽然有些生气，大声说：我吃不下。我吃得下的时候，我不吃吗？

这是父亲最后一次来蜀郡。两天后，他离开蜀郡，离开成都，回到赵化。

从此，他再也没来过成都，当然也没来过蜀郡。

2

我发现，小区或楼盘的名字，二十多年来，走过了一条从平实到绚烂的渐变之路。以成都为例，二十多年前，那些名字大多朴实无华，如城隍公寓、海棠名居、学府花园；后来则渐渐花哨，如拉佩维尔、莱茵河畔、中德英伦联邦——当然，也有走古典路线的，比如我居住的蜀郡。

众所周知，蜀郡原是古地名，战国时期秦灭蜀后设置，一直延续到隋朝才废除。蜀郡的治所，就在古老的成都。

今人把蜀郡作为小区名，很容易让人一望即知：这小区一定在四川，且多半在成都。与蜀郡相类的以郡为名的小区，我知道的还有南郡、英郡、上河郡——窃以为，都不如蜀郡那样古意苍苍。

与蜀郡这个古意苍苍的名字相辅相成的，是小区的中式风格。小区房屋，均是只有四层的联排别墅或洋房——据说，整个小区数百亩，原本都是这样规划的，开发商后来却强行修了三栋二三十层的电梯公寓。业主们也曾找开发商抗议，但在资本与利润面前，业主的抗议苍白无力。幸好，电梯公寓位于小区最北端，其余上百栋小楼彼此簇拥，倒也自成体系——低矮的青砖粉墙，掩映在众多移栽的高大树木中。这便有了栖息林中的诸多动物，从我家卧室外那只准时鸣叫的斑鸠，到不时能看到的画眉、黄鹂、鸪鹆，再到偶尔现身的松鼠、猫头鹰和蛇。小区中心，一条人工挖出的小溪，曲曲折折，流淌于两方池塘之间。夏天，小溪及池塘里，总会长出大量龙虾，孩子们用网捞上来，放进红色小桶，大祸临头的龙虾依旧兴致勃勃地在小桶里游来游去。林间，乱石堆成假山，几座亭子翼然临于石上。扫兴的是，木柱上的对联，居然用的电脑字体——并且，有许多根本不是对联，而是一首诗的上下句。

把家安在蜀郡，于我，既是一种偶然，也是一种必然。

2007年底，和前妻离婚后，我净身出户，在市中心新城市广场附近的西岸蒂景租了一套一室一厅的小房子。我还记得从民政局领了离婚证出来，在门口打车时，接到杨宗鸿电话，请喝酒。我推了。实在没心情。刚上出租车，又接到老蔡电话。

老蔡是我大学最好的朋友,且远在常州,回川过年。我自然不能拒绝。一个小时后,当我们坐在新城市广场的某家酒楼喝酒时,三杯下肚,一种难以自持的疲倦涌上来。我想睡觉。于是,两个人只喝了不到半瓶红花郎。而以往,我们至少喝两瓶。这个细节说明,哪怕对于已经破裂的婚姻,离婚仍然让当事人伤感,伤怀,伤心。

西岸蒂景的出租屋在十楼。楼下,有一个美食广场,聚集了十多家餐饮,从大餐到小吃,一应俱全。这倒十分方便单身汉生活。那时还没有网络点餐,商家都主动向客户发放名片。不想下楼时,打个电话,一会儿就把餐送到门口。

过了大半年,大地震了。大地震那天中午,我在单位附近的一家咖啡馆码字。最开始的两次轻微抖动,已让经历过好几次地震的我判断出:地震了。随即,摇晃越来越猛烈,整栋大楼都在发出嗡嗡嗡的声响。一瞬间,恐惧涌上心头。我想,我要被砸死在这里了。我飞快地把笔记本塞进包,背起包向外冲。一直到我冲下二楼,冲到大街中央,街边的树木和电线杆还在剧烈摇晃,像一只无形的巨手在用力推。

那些日子,余震不断。十来天后,又一场六级多的余震时,我正好在西岸蒂景,在十楼的出租屋中。尽管地震级数比"5·12"

低，但十楼的感受却比二楼恐怖得多。我关上门，一口气从十楼跑到一楼，气喘吁吁回头望时，地震早就结束了，刚才还在摇动的楼房与树木，全是一副无辜的样子——似乎它们从来没有摇动过；一切摇动，都是我的幻觉。

于是，不想再住十楼，不想再住高处。高处不仅不胜寒，还不胜摇。便开始盘算买房子，不然，众多的书永远只能待在打包袋里，或是一摞一摞地委屈在沙发角落。

一年一度的房交会开幕了。大地震加经济下滑，那两年的房交会很冷清。我在众多开发商摆出的摊子前徘徊，凡是电梯的，一律不考虑。选来选去，终于看中了一家：其一，不是电梯，只有四楼；其二，价钱还算公道，八千多；其三，不是别墅，总价不高，我能承受。

这就是蜀郡。

唯一不理想的是太远，远到了如同另一座城市的华阳。那时，从主城区通往华阳的大路只有天府大道一条。幸好，其时的成都城南，完全不像今天这么火爆，我在不同时段开车试了一下，从我位于红星路二段的办公室到蜀郡，最慢不过三十多分钟，最快只要二十六分钟——十多年过去了，如今，至少得加一个小时。

3

如前所述,蜀郡在华阳,在华阳与高新区的交界处。

华阳曾是一个响亮的名字。最早的华阳,指华山以南,包括了今天陕西一部、四川大部,以及相邻的云南、贵州各一部——四川崇州人常璩所著的中国第一部方志,即以华阳为名——《华阳国志》。以后,华阳又成为成都府下辖的一个县。成都县与华阳县县治,均设在成都市区,故而老成都有一句歇后语:成都到华阳——现(县)过现(县)。以后,华阳沦为双流县管的一座镇。再以后,县变成区,镇变成街道。如今的华阳,虽然地处成都南边的五环——如果是成都北边或东边,五环早已是竹林环绕的村庄了,而南边,五环乃至六环,还是起伏的楼宇。因此,华阳与主城区算是融为一体了。

绕成都流过的府河与南河,在老城区东南部的合江亭交汇,此后,称为锦江,民间呼作府南河。锦江一路南来,在平原上画出一道接一道的蛇曲。过中和,经十八步岛,穿天府大道,由北—南流向转为东—西流向,然后再转为北—南流向。在东—西流向与北—南流向之间,锦江西岸的河滨,有一片狭长的林子,那便是蜀郡东门外附设的小公园——蜀郡园。

大地震一年多后的2009年秋天，我终于从市中心的临时居所搬到了城南锦江边的蜀郡。

　　蜀郡的建设尚未全部竣工——别墅和洋房分四期，前三期早已卖完，但入住率极低；我买的是四期，也大多售罄，入住率更低——根据晚间灯光，我惊讶地发现，前后两栋加我们那栋，本该有七十多户人家，入住的，仅我们一家。洋房背后，是开发商变更规划修建的三栋高楼，正在施工。夜晚，卧室后面传来搅拌机隆隆的声响——那时，那株后来斑鸠筑巢安居的朴树，刚从某座大山或某座苗圃移栽至此，地面的花草还未能掩盖它的根须，它便如一个赤脚的男子，伫立在灰白的地上。

　　入住率太低，以致每天晚饭后在小区散步时，老半天看不到一个人；偶尔遇见同样散步的邻居，竟有几分兴奋。那段时间，我们最大的快乐就是去数一数最近哪些窗口又亮起了灯。

　　从我家到锦江边的蜀郡园，要经行大半个小区——跨过叮咚作响的小溪，越过乱石垒就的小山——山上，有一株颇为高大的银杏，秋风里，片片金黄的银杏叶子掉下来，把树下的池塘铺得金黄。

　　刚搬来时，我们至少用了几个月时间才算熟悉了小区——并非小区特别辽阔，而是它的所有房屋几乎全都一个样，走着走着，竟会迷路，必得找一些地标才行——比如我们那一栋，父亲最早发现了地标：从大道拐进小路的路口，有一口石头水缸，水缸旁边，有一笼竹子。

石头的水缸，有着高而薄的缸壁。缸壁正上方，不知谁把它当成了磨刀石，磨成了马鞍形。以后，父亲每次来蜀郡，就会把家里的诸种刀具拿到水缸前，耗费半个下午，把它们磨得闪闪发光。

那年春天，我常骑一辆米黄色的折叠车，穿过小区幽静的林荫道，从东门而出，进入花木扶疏的蜀郡园。蜀郡园外几米的地方，锦江流过。春时，来自岷江上游的雪山融水使得锦江水量丰沛，空气也因这流水而晃动着几分凉意。

人世间的缘分是无法解释的，人与人如此，人与物如此，人与地理亦如此。比如这条从蜀郡旁边流过的河——锦江。多年前，当我行走在锦江之滨时，我完全不会预料到，有一天，我将生活在它冲积而成的小平原上。

沿着河边小径前行几公里，我骑行到了一个似曾相识的地方——那地方，是一所学校。很多年前，我对华阳、对成都的认识，就是从这所名不见经传的学校开始的。

1991年，我还在自贡上学。国庆节那天，我挤上了一列从宜宾开往成都的火车——那时，自贡到成都每天有两班火车，时速不过四五十公里的绿皮车，两百多公里，要跑七八个小时。下午，在火车北站下车后，我坐上开往新南门汽车站的公交车——在那里，我第一次看到了锦江。夹岸的柳树和当时还很普遍的五六层的红砖小楼房，无论如何也不能和老杜的名句"锦江春色来天地"联系在一起。在新南门车站，我找到了一辆开往华阳的班车。那时候，从成都市中心到华阳，宛如从一座城市到另一座城市——据说，如果是单位派到华阳办事，那就要算出差，要领出差补助了。汽车很快驶出城，沿着绿树成行的公路前行，天色已黄昏，淡淡的炊烟从平原深处的民居上空升起，一股秸秆燃烧的味道漫进车厢。足足一个半小时后，我终于抵达了华阳。在华阳汽车站，我招手要了一辆三轮车。三块钱，送我到几公里外的协和乡——如今，曾经的协和乡已经与华阳城区连成一片了。

晚上八点左右，我终于到达目的地：广播电视学校。女友站在门口，已经等了一个多小时。十多年后的那个春天，当我骑着自行车再次经过曾经的广播电视学校时，校名早改了，叫文化产业职业学院。校门也变了，周边低矮的民房和民房前后的竹林统统不见了，甚至，就连那条记忆中的小溪也无影无踪。

当年站在昏黄路灯下等我的女友，后来成了妻子，再后来成了前妻。我停下自行车，站在校门前抽了一支烟。我看到一些年轻的面孔进进出出，打闹，欢笑，像一群叽叽喳喳的麻雀。想想，我也曾像他们一样，在这里进进出出，来来往往，不知道忧愁与焦虑为何物。

年轻真好。年轻而又在校园，更好。

4

蜀郡园草木茂盛，高大的是名贵的桢楠或不那么名贵的朴树，低矮的是紫薇、蜡梅和海棠，更低的，是高出地面尺把的花烟草和兰花草。在这些植物之间，间或有一张长条石椅。晚饭后，散步的老人走累了，会在石椅上坐一坐。更多时候，花和叶落在上面，无声无息，宛如默片里的镜头。偶尔，也有一只在河里捉到了鱼儿的白鹭或翠鸟，得意扬扬地飞临石椅，慢慢享受它来之不易的大餐。

父母第一次来蜀郡时，那几天晚饭后，我都带着他们在园子里散步。园子逛得差不多了，再出了小区走到蜀郡园。一路上，几乎没遇到邻居，直到走进蜀郡园，才多少看到几个人。一个站在河边打太极拳的老头，一对坐在长椅上窃窃私语的情侣。

还有一个五十多岁的中年妇女,满面惆怅地倚着紫薇树发呆。

母亲说:你这小区,确实漂亮,也安静,就是人太少了。

父亲说:你不懂,安静难道不好吗,人多了太吵,不利于他读书写作。

下一回,父母再来的时候,除了一如既往地带来几大袋他们利用楼顶花园种的瓜果蔬菜外,还有一个活物:一只通体雪白的小猫。

母亲说:你这儿人少,养只猫,多些生气。

那时,儿子还没出生,偌大的房子,平时只有我和妻子、岳母三人,如今,总算多了一只猫。我们买来猫粮和宠物用品,在阳台角落给它垒了一个小小的窝,鉴于小猫通体雪白且又是母猫,我给它取名白娘子。

白娘子在我们家生活了半年多。春天到了,园子里百花争艳,天气一日暖过一日,原本温顺的白娘子变得狂躁,不时发出一阵阵略有些恐怖的嘶叫。我知道,它是思春了。它到了需要爱情的季节。正商量把它带到宠物医院,给它一刀去掉烦恼。然而,奇怪的是,就在即将带它去医院的前一天晚上,风雨大作,白娘子趁着满天风雨离家出走,追求它的爱情去了。后来,父母再来时,他们说,曾在小区某户人家的围墙上见过一只白猫,和白娘子很相似。

以后,随着入住的人家越来越多,宠物也越来越多——自然包括猫。并且,不少原本作为宠物的猫,不知出于何种原因成了流浪猫。流浪猫队伍日益扩大,从小区里走过,不时能看到猫们要么懒洋洋地躺在石头上晒太阳,要么兴致勃勃地跳起来想抓住从它们头顶飞过的蝴蝶。

白娘子还未离家出走前,散步时,它总是不声不响地跟在我们身后,像一个姿态优雅、举止得体的淑女。

和老吴认识,得归功于白娘子。

散步时,我曾多次看到一个五十多岁的中年人,坐在一栋别墅门前,背倚一株碗口粗的女贞喝酒。他面前摊着一张报纸,上面是一只塑料袋,袋子里装了一些颜色深黄的卤肉。旁边,有一个掉了商标的酒瓶,里面有大半瓶酒。他吃几口卤肉,便捏起酒瓶,咕咚喝上一口。

白娘子大约闻到了塑料袋里下酒菜的味道——那天,中年人下酒的不是惯常的卤肉,而是油炸的两指粗细的小鱼。猫总是喜欢鱼的,一向温顺的白娘子竟以十分矫健的姿势冲过去,伸出爪子,试图把小鱼从塑料袋里扒拉出来。中年人吓了一跳,及至看到是一只猫,哈哈一笑,拈出一条小鱼扔给白娘子。

于是，不免和他交谈一番。

是一个很健谈的人。又或者，蜀郡居民太少，他不容易逮住机会与人说话，所以，我礼貌地和他打招呼谢谢他赐白娘子小鱼后，他立即打开了话匣子。

他说他姓吴，住在蜀郡三年了。他住的那栋是联排别墅，与我家隔着一口池塘和一片小小的林子。看他的穿着与气质，不像住得起别墅的有钱人。后来的一天，我又在小区散步时，途经老吴所在的别墅，恰好，他刚买了菜回来，看到我，立即热情邀请，要我进门坐一坐。他扬着手里的塑料袋，里面是一些卤牛肉，似乎还散发着热气：走，进去喝一杯。

进屋，四层的别墅意想不到的空旷和杂乱，像多年无人居住的废墟。他解释说，就我一个人，根本不需要这么宽的房子，我也懒得打扫，乱得像狗窝，兄弟别介意。

原来，这套别墅的主人并非老吴，而是老吴的大哥。大哥与老吴没有任何血缘关系。是江湖上的大哥。

老吴一边喝酒，一边断断续续讲述他的故事。多年前，老吴一直追随大哥，是大哥身边最得力的兄弟。二十年前，那个野蛮生长的时代，大哥带着包括老吴在内的一帮兄弟，像一头头闯进瓷器店的蛮牛，在某座城市不时掀起风浪。后来，大哥与另一位大哥火拼,他冲锋在前,把人砍成重伤,换来十年牢狱。三年前,等老吴带着一身病痛从狱中出来,大哥早已漂白,成了企业家。好在,看在昔年情分上,大哥把这套闲置的别墅给了老吴居住,每个月,从公司支一份工资,但不需要到公司去做任何事。现在不像从前了,不需要我这种人打打杀杀了,我也知趣,从不去烦他。老吴说。我也没啥事,只好天天喝酒。喝醉了,好睡觉。我现在就是喝酒等死。最后,老吴下结论说。

老吴暂居的那栋别墅,大约两年后,终于装修得面目一新。不过,装修它的既不是老吴的大哥,更不是老吴。在老吴家闲聊后大约半年,老吴病了,肝癌晚期。我这才想起,和他有限的几次见面,他在喝酒时,常皱着眉捂腹部。问他怎么了,他轻描淡写地说,肚子不舒服。没想到,竟是肝癌。

大病中的老吴被大哥派来的一辆车送走了,送回川北老家。那老家,据他说,他二十年没回去过了。除了一个多年不来往的堂哥,也没啥亲人。不过,叶落归根,他想死在老家,埋在老家。当然,还有一个原因是,大哥不希望他死在自己的别墅里。

老吴走了后,别墅大门紧闭了一段时间。有一天,装修公司的人把它打开并叮叮当当地干活时,我以为是老吴的大哥要搬进来。一问才知道,大哥将它卖给了别人。别墅装修得堂皇而俗气，门前蹲着一只嬉皮笑脸的石狮。晚上，灯光昏暗，打那儿经过，总让我误以为那是老吴蹲在门前，正捏着瓶子喝酒。

5

搬到蜀郡后的前五年，入住率一直很低。直到五年后，夜晚亮灯的窗口才慢慢多起来。楼下的小田便是那时候搬来的。如同老吴一样，小田也不是业主。只不过，老吴的别墅是大哥给他住的，不用付房租；小田的洋房却是租住的，当然得付房租。

小田搬来那天，父母恰好也在。听到楼下声响，好热闹的母亲立即下楼去了，半晌不见回来，父亲也跟着下去了。站在阳台上，我看到一辆小货车停在小区干道旁，搬家公司的员工正在将家具顺下来。家具很简单，只有两张床，两三张桌子和冰箱电视之类的必需品。引人注目的是一个老人——那是小田的父亲。这个看上去七十多岁的老人，满脸病容，坐在一张轮椅上。一个二十多岁的女子，慢慢推着轮椅，沿着开满杜鹃花的小路走过来。其后，是一个四十多岁的中年妇女，背着口袋跟在身后。凭年龄，我实在无法判断这家人的关系。一会儿，父母亲从楼下回来，消息灵通的母亲说，年轻女子姓田，瘫痪老人是她父亲，那个中年妇女，不是她妈，是她请的保姆。

楼上楼下相邻而处，虽然谁也没有刻意交往，毕竟抬头不见低头见，时间久了，也就知道了小田一家的情况。

算起来，小田要算我的老乡——虽然隶属两个不同的市，但两个县却紧邻，以至于口音也颇相近。由是，多了一分亲近。

小田十来岁时，母亲就去世了，她与父亲相依为命。高中毕业，没能考上大学，她去了南方，在广州、深圳、东莞一带辗转打工。

最初，在工厂流水线上做女工；后来，进了一家港式茶餐厅。老板看她聪明踏实，提拔她做了领班、店长。几年下来，当她干得心应手时，一个电话改变了她的命运。小田说，那天上午，她像往常一样在店里忙碌。一个来电显示为四川的陌生号码打进来告诉她，她父亲在检修漏雨的房子时，不慎从房顶摔下来。

当天晚上，小田出现在了县医院病房。摔成重伤的父亲，经历了九死一生的大手术，终于被从死神手里拉了回来。然而，从此半身瘫痪，只能坐在轮椅上了。

小田既不能把父亲带到广东去，也没法留在家乡照料父亲。思前想后，她打算拿出这些年的积蓄，加上向亲友借的一点钱，在成都开一家茶餐厅。租房子时，她之所以看中蜀郡，除了蜀郡距茶餐厅较近外,还在于那房子在一楼,且小区人少,环境好,父亲可以摇着轮椅出门走走,看看,以免天天闷在家里。

小田的茶餐厅开张后,我们去吃过几次。不大,只有几张桌子,生意倒也还行。小田像一只辛勤的蜜蜂,店里店外地飞来飞去,忙个不停。我们去,她总是要特意多送几个流沙包或一笼虾饺。

有时,在小区里散步,会遇到小田的父亲。那个憨厚的老人,说起女儿,既骄傲又心痛。他说,都是我拖累了她。她忙了店里还要忙家里,快三十岁的人了,还没结婚。唉,她那些同学,娃儿都上小学了。末了,又请求我母亲:大姐,你有合适的人,帮我女儿介绍一个吧。

一晃,小田在楼下住了三年多。然后,"新冠"来了。首当其冲的就是餐饮。最初,小田像大多数人那样,以为疫情不过十天半月就会结束,但是,疫情却似乎遥遥无期,而员工工资以及房租,每天睁开眼,一笔笔钱就得拿出去。一直拖到五月,茶餐厅终于又开张了。但是,令小田窒息的是,受疫情影响,前来消费的客人还不及上一年的五成,去掉各种成本,几乎没利润。

小田苦苦坚持。有一天,我在楼前遇到她,问起她的茶餐厅,她满怀希望地说，今年是没法赚钱了，看明年吧，明年可能就好了。

"明年"并没有好起来。有好些天，我总是遇见小田推着她父亲，在小区里慢慢地走来走去。消息灵通的母亲说，小田的茶餐厅关了，保姆也辞退了。

几天后，在伏龙社区，我又见到了小田。那是益州大道与一条小街交界的口子，有一小片空地。空地两侧，分布着众多摊位，给手机贴膜的，卖水果的，炸油条的，推销房子的……这些摊贩，大多是一辆三轮车，以便随时可以移动——他们得防备突如其来的城管。而小田，就站在这样一辆三轮车后。她卖的是煎饼和豆浆。附近有不少写字楼，那些匆匆起床后赶往写字楼的年轻人，常常来不及吃早饭，就买一个煎饼、一杯豆浆，一边吃喝，一边急急赶往写字楼里属于自己的那一小格空间。

此后，直到我写作此文的今天，小田每天早晨六点过就骑着她的三轮车出摊，九点过回家。晚上六点左右，再次出摊——如果是冬春，她就卖莲子羹；如果是夏秋，她就卖冰粉。至于情人节或七夕节，她一定会批发了玫瑰花叫卖——小区附近有一家很大的夜总会，吃饱喝足的男女们带着酒意走进浮华的包间前，有时候，有的男人会掏钱买一大把玫瑰花。

6

那些年，我一直有个梦想，希望我的书能够发得更多一些，为纪录片撰写的台本稿费更高一些。那样，我就能尽快攒一笔钱，在蜀郡再买一套房子，哪怕小一些也行。我想让父母来成都、来蜀郡养老。我知道，他们是真心喜欢这座林木幽深、亭台楼阁点缀的园子。喜欢黄叶飘落的银杏，喜欢幽香潜滋暗长的蜡梅，喜欢叫声悠悠的斑鸠，喜欢树枝间跳来跳去的松鼠。

然而，这始终只是梦想。尽管收入在不断增加，但房价增长的速度更快。短短数年间，它就从最初的每平方米八千多元涨到了后来的三万多元。哪怕一套最小的一百二十平方米的房子，也要四百万元。四百万元，要码多少字才挣得回来呢？

比没有挣到足够的钱更沮丧更伤心的是，父亲离我们而去快五年了。

父亲是2016年10月感觉不对劲的。原本身体不错的他，那两三个星期，从一楼爬到五楼竟气喘吁吁，于是到镇医院做CT。医生告诉他，肺部有一部分看不见，建议转到自贡四医院。到自贡四医院一检查，已属肺癌晚期。

在四医院住院部办公室，当那个和我同姓的女主任把情况告诉我们,并认为继续住院没有多大意义时,母亲身子一软,瘫坐在地。十几分钟后,我们回到病房,却不得不装作高兴的样子告诉父亲:医生说了,就是肺大疱,问题不大,明天可以出院了。

前妻知道父亲的病后,介绍了一位姓马的名医——那时,前妻在一家与养生有关的杂志上班,认识不少中医。姓马的教授,据说很厉害。然而,当大病的人决定找中医时,往往意味着病情已经到了难以挽回的地步。说句难听的话,就是死马当活马医。

此后将近一年,父母不时从赵化来成都,来蜀郡。有时住四五天,有时只住一两天。尽管在病中,他们仍然放心不下小镇上的家:种在楼顶的蔬菜,堆在走廊上的木柴,托付邻居照看的小猫……

父亲原本就瘦削,生病后,瘦得愈发厉害。这一点,就连楼下小田也看出来了,她曾委婉地问过父亲的病,我如实告诉了她。她长叹了一口气。次日,她专门跑上楼来,把我叫到走廊里,郑重地递给我一张纸条,纸条上歪歪斜斜地抄写了一个药方。据她说,这是她家亲戚祖传的秘方,对癌症有用。

当然,事实证明,这一纸秘方并无作用。

父亲的病越来越重。马教授从开初的乐观变得悲观。到后来，我问他，还有半年吗？他摇头。还有三个月吗？他不吭声，皱着眉。

父亲长时间坐在客厅的沙发上，他的头紧靠着靠背，闭着眼，一动不动，宛如雕塑。客厅里没开灯，明亮的光线透过院子外的树木，从窗口挤进来，落在窗前，形成一些杂乱的光斑。儿子趴在地板上玩小汽车和变形金刚。小田的父亲坐在楼下院子里，正在拉二胡，是那曲熟悉的《二泉映月》。

也有稍好一些的日子。那时，父亲就会坐到院中的藤椅上，要么读书，要么和母亲说闲话。读书或是说闲话累了，倦了，他就漫不经心地注视着园子里的花木。母亲邀请他到小区里走一走，散散步。开初半年，他总是点头答应。然后，两人肩并肩，行走在小区蜿蜒的小道上。后来几个月，父亲体力明显不支，他不愿意再去散步，偶尔走出去，也一会儿就折返回来。经过那只石缸时，他伤感地说：我还想给你们磨磨刀，可怎么老觉得没力气？母亲安慰他：不着急，等一段时间，你彻底恢复了再磨吧。父亲报之以长时间的沉默。沉默中，唯有斑鸠在远处无忧无虑地叫。

父亲最后一次来蜀郡是2017年8月底。这也是他最后一次找马教授。离开马教授办公室时，父亲和母亲走在前面，我在后面。我回过头去,马教授悲天悯人地冲我摇了摇头。

那次,父母亲只在蜀郡住了两天,父亲吵着要回去。而回去那一天早晨,当我被斑鸠声吵醒时,打开院子的小门,我看到父亲正坐在一盆菊花前读书。如果没有疾病,那该是一个多么平静又多么美好的初秋的早晨啊。天气凉爽了,花开了,斑鸠的叫声如此清澈明亮……

我为父母叫了一辆"滴滴"。我把他们送到小区门外的大路上。父母上了车,摇下车窗,朝我挥手。转眼间,"滴滴"吱的一声走远了,拐个弯,不见了。这时,我听到身后有一个苍老的声音在问:你父亲他们回去了?

我回过头,是一个坐在轮椅上的老人——小田的父亲。我点头说是。

小田的父亲闷了半晌,突然说:人啊,总是有生老病死……人啊!

一个多月后的当年十月,父亲去世于蜀郡以南两百公里外的赵化镇。

我是在父亲临终前一天晚上匆匆赶到赵化的。老实说,父亲要算善终,没有受到多少折磨——癌症病人临终前往往会有生不如死的剧烈疼痛,为此,我们开了证明,从医院为他买回不少镇痛药,但他一共只吃了一片。那个注定不眠的夜晚,我没想到他会走得那么匆忙。他的思维一直很清晰,半躺在客厅里的一张长椅上,盖着薄被。我坐在他旁边,听他交代后事。一二三,颇有条理。他的嘴唇有些焦了,我端来开水,喂了他两勺。天快亮时,又用勺子刮下一些猕猴桃喂他,他艰难地吃了几口。

后来,父亲拉着我的手,停止了呼吸。他的手渐渐变得凉了,慢慢从我手中滑下去。那时候,我听到从小镇背后的林子里,也传来了高高低低的斑鸠的叫声:咕——咕——咕咕……

7

搬到蜀郡四五年后的一个春天,我为蜀郡写了一首诗,诗题就叫"在蜀郡"。全诗如下:

蜜蜂经营的春天生意兴隆。在蜀郡
我会在每个春天的下午或傍晚
走过玉兰花清洗的小径。我要向那些
从岩石之间伸展出来的野草
表达同情和敬意

我们，都曾经是春天的子女
七点钟，路灯准时点亮
早出晚归的人子，面色安详而疲惫
他们像鱼儿游进池塘，游进了这座春风浩荡的
供他们暂住的园子。在这里
成长和衰老同在，春花和秋月同在
喧嚣和宁静也同在

我居住在这座园子的某个角落
如同这座城市，在这个国家的位置
早上醒来，窗外会有几只鸟儿
哼唱着语焉不详的自度曲
（在这样的自度曲里，曾穿插过
儿子娇弱的啼哭，和邻居歪歪斜斜的琴声）

在蜀郡，在这座城市边缘的花木扶疏的园子
我以业主的身份暂住于这座城市
读书，写字，散步，饮酒
偶尔接待前来造访的友人。我会向他们介绍

这是海棠,这是棕竹,这是乡愁的苦闷与甜蜜

在这颗星球上,每个人都是暂住者
而园子也是暂住的,鸟儿也是暂住的
只有春风和玉兰,时而在中国,时而在欧洲
时而在印度洋或大西洋的陌生海域
可以想象得到,千年后一个同样春风浩荡的三月
我和蜀郡一同被发掘,作为一个时代
曾经存在过的证词

后记

迄今为止，我在成都生活了二十四年。

二十四年间，我先后在成都东门、北门、西门、南门居住过。也就是说，成都这座原本像个口字，现在像个甲字的城市，我在它的几个方向都留下了自己的生活痕迹。至于成都下辖的区（市）县，自然每一地都去过多次。有的，甚至多到数不清。从这个意义上讲，我觉得我已是一个地地道道的老成都了。

老成都这种自我认同，除了我在这座城市生活了二十四年，熟悉这座城市的现状与历史，知晓这座城市的风俗习惯外，更重要的一点，作为一个写作者，我为成都写过好几本书。

一本是《草堂：归来的诗魂》，写杜甫草堂及杜甫在成都的生活；一本是《武侯祠：逆光中的神殿》，写成都武侯祠及诸葛亮。如果说这两本书是关于成都古迹的随笔体专著的话，那《成都滋味》则是一部简明的成都人文史；《光阴纪：成都小镇书》则关注成都的十余个小镇，小镇上的人与事，历史与现实，通过我的个人观察得以呈现。

此外，便是你手中这本《在成都》。

《在成都》与前面说过的四本成都题材著作不同。就风格而言，它接近于《光阴纪》。《在成都》收录的十篇随笔，每一篇都与我的个人生活有关，打上了个人生涯的浓重烙印。这些经历，这些烙印，它们发生在成都，发生在成都的街巷或成都的郊县，是我成都岁月的真实写照。这些片段式的带有回忆味道的文字，我想通过它，存留一代人的梦想与挣扎，为滚滚而过的时代作一个简单的注脚。

十篇随笔，先后在《青年作家》《湖南文学》《中国生态文学》等刊发表。尤其是《青年作家》，蒙主编梁平兄青睐，在该刊以《成都笔记》为专栏名，先后刊发多篇。这些作品，有一部分也曾在我的微信公众号"聂作平的黑纸白字"推送，应该说，反响还不错。这里，不妨转录几段网友评论，略窥一斑：

"一条红星路，让你笔走龙蛇，走得高级，走得艰难，走得洒脱。必须赞。"

"看似诙谐实则凝重的语言，以及行云流水般的写作风格，让我一气读完全文犹不忍释手。那依稀的过往，那难忘的岁月，那不堪回首的往事，那刻骨铭心的记忆……不由让人心生敬意。感谢聂老师的分享。"

"时光流云,不知东西。读老师文,有淡淡的哀愁上心。我们身边的人和事,鲜活过,纠缠过,刻骨铭心过。回望,只剩一树倒影,扁平,了无声息。"

"有感而发,娓娓道来,追梦者的辛酸、执着、情爱与骨气,表现得淋漓尽致。"

"文字的力量神秘而能量巨大,聂先生所记录的关于人民南路、省科协、《科幻世界》的故事,打动了多少像我一样的读者。这个失眠的夜晚,内心充盈而平和。不知道以后能有机会见聂先生一面否?不为追星,只为灵魂间的某些共振。"

"细细读完这些文字,终于明白什么是有良知的作家。"

"写得好。有纵深感。虽是个人记述,却把人拉回了当年的城市与人文氛围中。还原当年闯荡省城的心路历程,读来真切,感同身受。"

"市井百态生活的描述,细而精致又入骨三分,文笔朴实流畅,雅俗兼容并蓄,一段岁月,许多无奈;一种情愫,几多情怀;一地斑斓,几许感慨;一地鸡毛,几多风采!"

"深深感动,绝妙好文!数十年前,双林路的人间烟火、底层生活,被命运潮汐裹挟沉浮的鲜活生命个体,在牵绊纠缠中复活,幻化为为生存而战的柴米油盐,五彩斑斓。那些居无定所,奋力自讨生活,狼狈不堪的蓉漂,和下层原住民,都以自己的存在与活着的不同方式,晕染出同一时代,成都的独特社会文化底色。"

…………

每一篇推文的留言,少则几十条,多则上百条。这对一个只有五万订户的文学公号来说,称得上火爆。我想,之所以有如此多的留言、打赏、点赞,是因为我借成都这个地理空间所讲述的个人故事,恰好引发了更多有相似经历、相似故事的读者的共鸣与共情。或者,不嫌矫情的话,我也可以说,我击中了许多读者的泪点和痛点。

我想,文学魅力之所以永存,就在于读者在别人的故事里,照见自己的命运;在别人的思索里,审视自己的人生。

有意思的是,我写成都的这几本小书,都由成都本土出版机构成都时代出版社出版(略有例外的是《成都滋味》,首版由商务印书馆出版,后由成都时代出版社再版)。成都人写成都事,成都社出成都书,或许能加重成都味儿吧。

倘若没有大的变故,我多半会一直生活在成都,在这座光阴缓慢、文化深厚的城市里,孤独而又自得地读书写作。如鱼饮水,冷暖自知。最后,我想用我几年前写的一首旧体诗来总结此刻的心境：

燕去燕来拾旧声，新柯病木两相横。
千山鸟语花犹发，万户人歌唱亦轻。
葬送青春惟有酒，消磨往事只余情。
世间沧海谁差得，又伴东风过古城。

2022 年 5 月 19 日于成都城南

图书在版编目（CIP）数据

在成都 / 聂作平著 .—— 成都：成都时代出版社，
2022.11
　　ISBN 978-7-5464-3146-8

　　Ⅰ.①在… Ⅱ.①聂… Ⅲ.①随笔—作品集—中国—当代 Ⅳ.① I267.1

中国版本图书馆 CIP 数据核字 (2022) 第 159436 号

在成都
ZAI CHENGDU

聂作平　著

出品人	达　海
责任编辑	李卫平
责任校对	阚朝阳
责任印制	车　夫
封面设计	郭　映
装帧设计	成都九天众和

出版发行	成都时代出版社
电　话	（028）86742352（编辑部）
	（028）86763285（市场营销部）
印　刷	成都蜀通印务有限责任公司
规　格	145mm×210mm
印　张	8
字　数	140 千
版　次	2022 年 11 月第 1 版
印　次	2022 年 11 月第 1 次印刷
书　号	ISBN 978-7-5464-3146-8
定　价	45.00 元

著作权所有·违者必究
本书若出现印装质量问题，请与工厂联系。电话：（028）64715762